Bian

DESATINOS DEL CORAZÓN
Julia James

Editado por Harlequin Ibérica.
Una división de HarperCollins Ibérica, S.A.
Núñez de Balboa, 56
28001 Madrid

© 2018 Julia James
© 2019 Harlequin Ibérica, una división de HarperCollins Ibérica, S.A.
Desatinos del corazón, n.º 2678 - 6.2.19
Título original: The Greek's Secret Son
Publicada originalmente por Harlequin Enterprises, Ltd.

I.S.B.N.: 978-84-1307-363-7
Depósito legal: M-39155-2018
Impresión en CPI (Barcelona)
Fecha impresion para Argentina: 5.8.19
Distribuidor exclusivo para España: LOGISTA
Distribuidor para México: Distibuidora Intermex, S.A. de C.V.
Distribuidores para Argentina: Interior, DGP, S.A. Alvarado 2118.
Cap. Fed./Buenos Aires y Gran Buenos Aires, VACCARO HNOS.

FSC
www.fsc.org

MIXTO
Papel procedente de fuentes responsables
FSC® C108412

Capítulo 1

AMENAZABA una fina llovizna. Las nubes bajas se cernían sobre el cementerio de la iglesia del pueblo y Christine sintió el frío y húmedo aire invernal mientras permanecía al lado de la tumba recién cavada. El dolor la atravesó por el hombre amable que había acudido a su rescate cuando el hombre que más anhelaba en la Tierra desapareció. Pero ahora Vasilis Kyrgiakis se había ido, finalmente le falló el corazón, como era de esperar. Convirtiéndola a ella en viuda.

La palabra le cruzó por la mente mientras permanecía allí de pie sola y con la cabeza gacha. Todo el mundo había sido muy amable con ella porque Vasilis era muy querido, aunque era muy consciente de los comentarios que circulaban porque era mucho más joven que su marido de mediana edad. Pero desde que la familia más importante del vecindario, los Barcourt, aceptaron a su vecino nacido en Grecia y a su joven esposa, los demás también lo hicieron.

Por su parte, Christine había sido completamente leal a su esposo por agradecimiento incluso en los últimos momentos, y sintió que los ojos se le llenaban de lágrimas cuando el vicario habló de compromiso y bajaron despacio el ataúd a la tumba.

Christine se mareó un poco y alzó la cabeza para recuperar el equilibrio. Tenía la mirada borrosa, pero se quedó paralizada al ver a lo lejos un coche parado junto

al vehículo fúnebre en el que habían llevado a su marido. Y al lado había una figura alta e inmóvil, un hombre al que conocía muy bien. Un hombre al que hacía cinco largos años que no veía.

El último hombre que querría volver a ver.

Anatole observaba muy quieto la escena que tenía lugar en el cementerio de la iglesia. Un sinfín de emociones le recorrían por dentro, pero tenía la mirada fija en la figura esbelta y delicada vestida de negro situada al lado del sacerdote en la tumba abierta de su tío. Un tío al que se había negado a ver desde la absurda locura de su boda.

Sintió una punzada de rabia. Hacia sí mismo y hacia la mujer que había engañado a su tío para que se casara con ella. Todavía no sabía cómo lo había logrado, pero fue culpa suya que sucediera. No se dio cuenta de la ambición que estaba generando en ella. Una ambición que había desencadenado que intentara atraparle primero a él, y al ver que no lo conseguía se giró hacia su desventurado tío, un blanco fácil.

La mujer fue entonces consciente de su presencia y le miró. Su expresión denotaba un impacto absoluto. Y entonces, con un movimiento abrupto, Anatole se dio la vuelta, se metió en el coche y se marchó de allí acelerando por el tranquilo camino rural.

La emoción volvió a apoderarse de él, devolviéndole al pasado.

Cinco largos años atrás...

Anatole tamborileó con los dedos en el salpicadero con gesto frustrado. Estaba atrapado en un atasco de

tráfico en la hora punta de Londres, pero eso no era lo único que le tenía de mal humor. Era la perspectiva de la noche que le esperaba. Con Romola. Los ojos negros como la obsidiana de Anatole echaron chispas. Ella le veía como posible marido, y eso era justo lo que no quería. El matrimonio era lo último que buscaba.

Se le nubló un poco la vista al pensar en el lío de vida que llevaban sus padres. Los dos se habían casado muchas veces, y él nació solo siete meses después de su boda, lo que probaba que ambos habían sido infieles a sus anteriores parejas. También se habían sido infieles entre ellos, y su madre se marchó cuando Anatole tenía once años.

Los dos estaban actualmente casados de nuevo. Había dejado de importarle y de contar las veces. Sabía desde el principio que darle a su único hijo una familia estable no era importante para ellos. Ahora que ya estaba en la veintena, parecía que su único propósito era mantener llenas las arcas de los Kyrgiakis para financiar su lujoso estilo de vida y sus caros divorcios.

Anatole había estudiado Económicas en una buena universidad, tenía un máster en una de las escuelas de negocios más importantes del mundo y contaba con un cerebro privilegiado para los negocios, por lo tanto podía llevar a cabo aquella tarea con bastante facilidad y sabía que él también se beneficiaría de ello. Trabajar duro, vivir duro, ese era su lema... y mantenerse alejado de los tóxicos lazos del matrimonio.

Frunció el ceño al pensar en Romola de nuevo. Pensaba que al ser una profesional de la bolsa no tendría la ambición de casarse con él, pero al final resultó ser como todas las demás: quería convertirse en la señora de Anatole Kyrgiakis.

Qué desesperación. Una docena de vehículos más

adelante vio cómo el semáforo se ponía en verde. Un instante después los coches se pusieron en movimiento y Anatole pisó el acelerador.

Y justo en aquel instante, una mujer apareció delante del coche.

Tia tenía los ojos llenos de lágrimas. Había estado con el anciano señor Rodgers hasta el final de su larga enfermedad, y había fallecido aquella mañana. Su muerte le había recordado el fallecimiento de su propia madre menos de dos años atrás. Ahora, mientras arrastraba su vieja maleta, supo que tenía que llegar a la agencia antes de que cerrara. Necesitaba que la asignaran un nuevo paciente, porque al ser cuidadora interna no tenía casa propia. Tenía que cruzar la calle para llegar a la agencia, y como el paso de peatones estaba lejos, decidió hacerlo entre el tráfico, que se movía muy despacio.

Levantó la pesada maleta siguiendo un impulso repentino y se bajó de la acera...

Con una velocidad de reacción que no sabía que tenía, Anatole pisó el freno e hizo sonar el claxon. Pero a pesar de su rapidez, escuchó el impacto de algo sólido golpeando contra el coche. Vio a la mujer caer delante de él. Soltó una palabrota, puso las luces de emergencia del coche y salió con un nudo en el estómago. En la calle había una mujer de rodillas sujetando con la mano una maleta que había quedado bajo el parachoques. La maleta se había abierto y había ropa por todas partes.

La mujer levantó la cabeza y miró fijamente a Anatole. Al parecer, no era consciente del peligro que había corrido.

–¿En qué demonios estabas pensando? –le espetó él con furia–. ¿Cómo se te ocurre cruzar así?

La mujer dejó de mirarle fijamente y se echó a llo-

rar. La rabia de Anatole desapareció al instante y se agachó a su lado.

–¿Estás bien? –parecía claro que no, porque la mujer siguió sollozando.

Anatole la ayudó a ponerse de pie y agarró la ropa tirada, metiéndola a voleo en la maleta. Luego la tomó del brazo.

–Vamos a la acera –le dijo.

Ella empezó a incorporarse. Alzó la cabeza. Las lágrimas le caían a borbotones por las mejillas, y no dejaba de sollozar. Pero Anatole no prestaba atención a eso. Cuando se puso de pie, su cerebro registró dos cosas: la mujer era mucho más joven de lo que creyó al principio, y aunque estuviera llorando, era impresionantemente guapa. Era rubia, con el rostro en forma de corazón, ojos azules, boquita de rosa...

Sintió como si un ascensor bajara en su interior y luego subiera tomando forma y reacomodándolo todo. Su expresión cambió.

–Estás bien –se escuchó decir a sí mismo con voz amable–. Casi te atropello, pero no ha pasado nada.

–¡Lo siento mucho! –sollozó ella.

–No pasa nada –Anatole sacudió la cabeza–. No hay daños. Excepto tu maleta.

Cuando la mujer se dio cuenta del estado del equipaje, se le distorsionó el rostro. Tomando una repentina decisión, Anatole metió la maleta en el maletero de su coche y abrió la puerta del copiloto.

–Vamos, sube. Te llevo –le ordenó, consciente de que los coches de atrás no paraban de tocar el claxon con impaciencia.

La metió en el coche a pesar de sus protestas. Luego se colocó tras el volante y se puso en marcha, preguntándose distraídamente si se habría tomado tantas mo-

lestias en el caso de que la persona que se cruzó delante del coche no fuera una rubia impresionante....

—Dime, ¿dónde vamos?

—Eh... —la joven miró a través del parabrisas con gesto ausente—. A ese lado de la calle.

Tia seguía sin parar de llorar, pero ahora había algo más que la ocupaba. Era incapaz de apartar la mirada del hombre que tenía al lado. Tragó saliva.

Tenía el cabello negro como el azabache y el rostro parecía esculpido. Los ojos parecido al chocolate oscuro, pómulos altos... Tia sentía un nudo en el estómago y no sabía dónde mirar, pero quería seguir mirándole a él porque parecía sacado de un sueño. Era el hombre más increíble que había visto en su vida.

Algo que tampoco tenía mucho mérito, ya que se había pasado sus años adolescentes cuidando de su madre y ahora cuidaba de personas mayores y enfermas. Nunca tuvo oportunidad ni tiempo para aventuras románticas, novios ni diversión. Sus únicos romances eran los que sucedían en su cabeza, tejidos con el tiempo pasado mirando por las ventanas, sentada a la cabecera de camas y atendiendo a todas las tareas de una cuidadora interna.

Pero ahora, en aquel preciso instante, estaba con un hombre que parecía salido de sus fantasías románticas. Era todo lo que había soñado. Tia tragó saliva.

—¿Estás mejor? —le preguntó él esbozando una media sonrisa.

Tia asintió y de pronto fue consciente de que aunque el hombre parecía salido de uno de sus tórridos sueños, aquello no era lo que estaba buscando, sino de hecho todo lo contrario.

Fue dolorosamente consciente del aspecto que debía de tener para él con los ojos rojos, la nariz congestionada, las lágrimas cayéndole por las mejillas, el pelo revuelto y nada de maquillaje. Además llevaba unos vaqueros viejos y una sudadera que le quedaba grande. Menudo desastre.

Cuando el semáforo se puso en verde, Anatole giró por la calle lateral que ella le había indicado.

–¿Ahora por dónde? –se le pasó por la mente que deseaba que estuviera algo lejos. Pero desechó aquel pensamiento. Recoger mujeres de la calle, en ese caso literalmente, no era una buena idea. Pero mientras la llevaba a su destino bien podía hablar con ella–. Siento que estés tan compungida, pero espero que hayas aprendido que no se puede cruzar una calle así.

–Lo siento mucho –repitió ella con voz ronca–. Y también siento estar llorando así. No es culpa tuya. Bueno, un poco... cuando me gritaste así...

–Fue el shock –se explicó Anatole mirándola de reojo–. Me daba terror haberte matado. No era mi intención hacerte llorar.

Ella sacudió la cabeza.

–No lloraba por eso, sino por el pobre señor Rodgers –dijo ella precipitadamente–. Ha muerto esta mañana. Yo estaba allí, era su cuidadora. Era muy mayor, pero de todas formas... ha sido muy triste. Me ha recordado a cuando murió mi madre...

La joven se interrumpió bruscamente y Anatole escuchó su sollozo contenido.

–Lo siento –dijo, pensando que era lo único que podía decir–. ¿Ha muerto hace poco?

–No, hace casi dos años. Tenía esclerosis múltiple desde que yo recuerdo, y cuando mi padre murió yo

cuidé de ella. Por eso me convertí en cuidadora. Tenía experiencia y tampoco podía hacer mucho más, además necesitaba un trabajo de interna porque todavía no tengo casa propia...

Se detuvo de nuevo, dolorosamente consciente de que le estaba contando todas aquellas cosas personales a un perfecto desconocido. Tragó saliva.

—Ahora voy a la agencia para conseguir un nuevo trabajo, algo que empiece hoy mismo. ¡Ahí está! —dijo casi gritando.

Señaló un edificio sin ningún encanto y Anatole se detuvo delante. La joven salió del coche y trató de abrir la puerta. No lo consiguió. Él salió y vio el cartel de *Cerrado*.

—¿Y ahora qué? —se escuchó decir en tono seco.

Tia se giró para mirarlo y trató de disimular su angustia.

—Ah, encontraré un hostal barato para pasar la noche. Seguramente haya alguno cerca al que pueda ir andando.

Anatole lo dudaba bastante... sobre todo con la maleta rota.

Posó la mirada sobre ella. Parecía perdida e indefensa. Y muy, muy bonita. Igual que antes, tomó una decisión repentina. Su voz interior le decía que estaba loco, que se comportaba como un idiota, pero la ignoró. Y sonrió.

—Tengo una idea mucho mejor —afirmó—. Mira, no puedes mover esa maleta rota ni un metro, y mucho menos arrastrarla hasta llegar a un imaginario hostal barato en Londres. Así que esta es mi propuesta: ¿por qué no pasas la noche en mi apartamento? Yo no voy a estar —añadió al instante al ver el pánico reflejado en sus ojos azules—. Estarás a tus anchas y por la mañana pue-

des comprarte una maleta nueva e ir a la agencia. ¿Qué te parece? –sonrió.

La joven le miraba como si no creyera lo que estaba oyendo.

–¿Estás seguro? –había cierto recelo en su tono, pero el pánico había desaparecido.

–En caso contrario no te lo ofrecería –respondió él.

–Esto es increíblemente amable por tu parte –dijo ella apartando la mirada–. Te estoy causando muchas molestias.

–En absoluto. Entonces, ¿aceptas?

Anatole volvió a sonreír, esa vez con la sonrisa que utilizaba para que la gente hiciera lo que él quería. En esa ocasión también funcionó. Ella asintió trémulamente.

Negándose a prestar atención a la voz que le decía que estaba loco por hacerle semejante proposición a una perfecta desconocida, Anatole la ayudó a subirse otra vez al coche y puso rumbo a Mayfair, donde estaba su apartamento.

La miró. Estaba sentada muy recta con las manos en el regazo y miraba hacia delante, no a él. Parecía no creerse que aquello estuviera sucediendo de verdad. Así que dio el siguiente paso para hacerlo real para ella y también para sí mismo.

–Tal vez deberíamos presentarnos. Soy Anatole Kyrgiakis.

Le resultaba extraño decir su propio nombre porque normalmente no tenía que hacerlo, y cuando lo hacía esperaba que reconocieran su apellido al instante. Pero esa vez no se produjo ninguna reacción.

–Tia Saunders –respondió ella con timidez.

–Hola, Tia –dijo Anatole en voz baja con una sonrisa.

Vio un sonrojo en sus mejillas, pero volvió a concentrarse en el tráfico. La dejaría un poco tranquila para que se relajara un poco, pero sin duda seguía estando tensa cuando detuvo el coche frente a la elegante mansión de estilo georgiano y luego la guio hacia el interior cargando con la maleta rota. Cuando entraron en su apartamento, que ocupaba todo el ático, Tia contuvo el aliento.

–¡No puedo quedarme aquí! –exclamó con tono de desmayo–. ¡Seguro que destrozo algo!

Tia recorrió con la mirada el largo sofá blanco cubierto de cojines de seda y la gruesa alfombra gris paloma que iba a juego con las cortinas de los amplios ventanales. Parecía algo salido de una película.

–Simplemente no tires el café encima de nada –Anatole se rio–. Y por cierto, hablando de café... mataría por una taza. ¿Y tú?

Tia asintió.

–Sí... gracias –balbuceó.

–Bien. Voy a poner la máquina en marcha. Pero primero deja que te enseñe tu habitación. ¿Y por qué no te das una ducha para refrescarte? Por lo que me has contado, has debido de pasar una mala noche.

Anatole agarró de nuevo la maleta rota y decidió que le diría al conserje del edificio que llevaran una nueva enseguida. La arrastró a una de las habitaciones de invitados.

Ella le siguió mirando a su alrededor maravillada, como si nunca hubiera visto nada parecido en su vida. Y seguramente era así, pensó Anatole. Sintió una punzada de inusual satisfacción. Era un sentimiento agradable poder darle a aquella chica que sin duda no lo había pasado bien con la muerte de sus padres y con aquel trabajo mal pagado de cuidadora una breve experiencia del lujo. Quería que lo disfrutara.

Anatole dejó en el suelo la maleta, que volvió a abrirse y a derramar todo su contenido por el suelo, y señaló hacia el baño incorporado en la habitación. Después la dejó con otra sonrisa y se dirigió a la cocina.

Cinco minutos más tarde, el café se estaba haciendo y él estaba arrellanado en el sofá revisando los correos electrónicos, intentando por todos los medios que su mente no divagara hacia la inesperada invitada que se estaba dando una ducha...

Se preguntó si sus encantos se extenderían más allá de su hermoso rostro. Sospechaba que sí. Era esbelta, eso se veía claramente, pero no plana. No. Aunque llevaba ropa barata y poco favorecedora, había visto los suaves montículos de su pecho debajo. Y era bajita, bastante más que las mujeres en la que solía fijarse.

Tal vez se debiera a que él medía un metro ochenta y seis, o a que solía fijarse en mujeres seguras de sí mismas que estaban a su altura en muchos sentidos y avanzaban por el mundo conscientes de su valía, seguras de sí mismas y de sus atractivos.

Mujeres como Romola.

Le cambió la expresión. Antes de que Tia se le lanzara delante del coche había tomado la decisión de apartar a Romola de su vida. Entonces, ¿por qué no hacerlo en aquel mismo instante? Podía enviarle un mensaje y decirle que al final no podía quedar con ella aquella noche, que le había surgido un imprevisto y que no sabía cuándo volvería a pasar por Londres. Y que tal vez deberían aceptar que su tiempo juntos había llegado a su fin... con una crueldad que le resultaba fácil ejercitar cuando se veía como objetivo de una mujer que quería más de lo que él estaba dispuesto a dar, le mandó un mensaje y amortiguó el golpe con el envío de una pulsera de diamantes como regalo de despedida. Y

luego, con una sensación de alivio, volvió a centrarse en aquella noche.

Una sonrisa empezó a asomarle a los labios y sus ojos se suavizaron un poco. Ya había jugado al príncipe y la mendiga al ofrecerle a Tia que se quedara en su apartamento. Entonces, ¿por qué no darle el paquete completo y regalarle una noche que siempre recordaría? Champán, una buena cena... ¡la experiencia total!

Estaba seguro de que era algo que no había vivido antes en su desfavorecida vida.

Por supuesto, no le ofrecería nada más. Él ni siquiera se quedaría allí, pasaría la noche en el hotel Mayfair, donde su padre siempre tenía una suite reservada. Por supuesto que lo haría.

Cualquier otra cosa estaba completamente fuera de lugar... por muy hermosa que fuera.

Capítulo 2

TIA ESTABA en un estado de completa felicidad mientras el agua caliente le caía por el cuerpo, formando espuma con el champú y el gel que había encontrado en la cesta de productos de baño de aspecto carísimo en la cómoda del baño. Nunca en su vida había disfrutado de una ducha tan deliciosa.

Cuando salió con el pelo recogido en una toalla y otra toalla alrededor del cuerpo se sintió renacida. Todavía no había tenido tiempo de ubicarse en lo que estaba sucediendo porque todo le parecía como un cuento de hadas. Se la había llevado un príncipe que la dejaba sin aliento.

Era increíblemente guapo. Y además muy amable. Podría haberla dejado perfectamente en la acera con la maleta rota y haberse marchado de allí sin que le importara.

Pero no lo hizo: la llevó a su casa. ¿Y cómo iba a decirle que no? En toda su confinada y aburrida vida, dedicada al cuidado de su pobre madre y de otros, ¿cuándo le había pasado algo así excepto en sus fantasías?

Tia alzó la barbilla y se miró al espejo con decisión. No sabía lo que estaba pasando, pero iba a aprovechar el momento.

Se dio la vuelta y se quitó la toalla en forma de turbante, dejando que el pelo húmedo le cayera libre, y

luego buscó desesperadamente entre la ropa para encontrar algo, cualquier cosa que fuera mejor que unos vaqueros viejos y una sudadera suelta. Por supuesto que no tenía nada ni remotamente adecuado, pero al menos mejoraría algo. Tal vez no lograra parecer una princesa de cuento de hadas, pero se esforzaría al máximo.

Cuando regresó a aquella prístina y palaciega sala dirigió directamente la mirada hacia la figura oscura que parecía relajada en el sofá. Dios santo, no se podía ser más guapo.

Se había cambiado la chaqueta del traje formal y aflojado la corbata, desabrochado el botón superior de la camisa y los gemelos.

Se puso de pie.

—Ya estás aquí —sonrió—. Siéntate y disfruta de tu café.

Anatole señaló con la cabeza el lugar donde había puesto un plato de pastas que había sacado del congelador y colocado después en el microondas. Ahora olían deliciosamente.

—¿Estás a dieta o puedo tentarte? —le preguntó con tono amable.

Anatole observó cómo se le sonrojaban de nuevo las mejillas. Tal vez no tendría que haber usado la palabra «tentar». Y, si Tia se sonrojaba porque se sentía tentada, sin duda él también. Y por una buena razón...

Se había cambiado de ropa, y aunque seguía siendo ropa barata, había mejorado mucho. Se había puesto una falda vaporosa de algodón con dibujos indios y una camiseta azul turquesa que ayudaba mucho más a que luciera la figura que la sudadera ancha que tenía antes. Y además se había lavado el pelo, que le caía suelto en una melena rizada sobre los hombros. Ya no tenía los

ojos rojos y había dejado de parecer una niña abandonada.

Tomó asiento en el sofá, y las manos le temblaron ligeramente cuando agarró la taza de café que Anatole le había servido murmurándole las gracias.

Se lo bebió de golpe con la esperanza de que le calmara los agitados nervios, y los ojos se le fueron otra vez hacia Anatole. Al mirarle se dio cuenta de que él la estaba mirando a su vez con una sonrisa dibujada en los labios. Era una sonrisa que le produjo un estremecimiento.

–Toma una pasta –dijo él acercándole el plato.

El aroma a canela la atrapó, recordándole que no había tenido oportunidad de comer en todo el día. Agarró una con mucho cuidado, aterrorizada ante la idea de que se le cayeran las migas en la alfombra.

Anatole deslizó la mirada por su hermoso rostro en forma de corazón, los ojos tan azules, la delicada curva de las cejas y la suave melena rizada.

Era preciosa. Mirarla le dejaba sin aliento. Consultó el reloj. Eran casi las siete. Podrían tomar una copa de champán en la terraza, pero sería mejor encargar primero la cena.

Agarró el ordenador y buscó la página que siempre utilizaba para encargar la cena. Luego giró la pantalla hacia Tia.

–Echa un vistazo y dime qué quieres cenar –le dijo–. Voy a pedirlo.

Ella sacudió la cabeza al instante.

–Ah, no, para mí no, gracias. Tengo de sobra con estas pastas.

–Bueno, pues yo no –afirmó Anatole con tono amable–. Vamos, echa un vistazo. ¿Qué tipo de comida te gusta? Y no me digas que pizza o china o india. Estoy hablando de comida gourmet.

Tia miró las opciones de la página con los ojos abiertos de par en par. No entendía la mayoría.

–¿Quieres que elija yo por ti? –preguntó Anatole al darse cuenta de su dilema.

Ella asintió agradecida. Ambos se habían inclinado hacia delante para ver la pantalla y Anatole captó el aroma fresco de su cuerpo. Lo único que tenía que hacer para tocarla era levantar la mano y deslizarla por aquellos rizos, extenderle los dedos por la nuca y atraer su suave boca hacia la suya...

Se incorporó bruscamente y se entretuvo haciendo el pedido. Luego cerró el ordenador. Había llegado el momento de ir a por el champán.

Volvió unos instantes más tarde con una botella y dos copas en la mano. Se acercó a una puerta de cristal y la abrió.

–Ven a ver las vistas –la invitó.

Tia se puso de pie y lo siguió hacia la terraza de la azotea a la que recorría una balaustrada de piedra. Todavía estaba confundida. ¿De verdad iba a cenar con ella? ¿A beber champán con ella? El corazón le latía con fuerza solo de pensarlo.

Cuando salió se sintió envuelta por el cálido aire de la noche. El sol no había terminado todavía de ocultarse tras las copas de los árboles del parque que había más allá. La terraza era un pequeño oasis de plantas frondosas en enormes macetas de piedra.

–Oh, esto es precioso –exclamó con naturalidad. Se le iluminó el rostro.

Anatole sonrió y sintió una punzada de placer al verla tan contenta. Dejó las copas de champán en una mesita de hierro flanqueada por dos sillas.

–Un refugio ajardinado –dijo–. Las ciudades no son

mis lugares favoritos, así que cuando me veo obligado a estar en ellas me gusta estar en sitios lo más verdes posible. Esa es una de las razones por las que me gustan los áticos: tienen terrazas en la azotea.

Anatole descorchó la botella de champán y luego le pasó una de las copas vacías.

–Mantenla ligeramente inclinada –le dijo mientras se la llenaba hasta la mitad. Luego hizo lo mismo con la suya y miró a Tia. Era muy menuda, y por alguna razón aquello despertó en él un instinto de protección.

Algo bastante extraño en él. No solía sucederle con las mujeres.

–*Yammas* –dijo alzando la copa–. Significa «salud» en griego.

–¡Ah, así que eres griego! Sabía que debías de ser extranjero por el apellido, pero no sabía que... –se puso colorada. ¿Le habría parecido una maleducada? Londres era increíblemente multicultural. No había razón para decir que era extranjero– Lo siento. No quería decir...

–Sí, soy extranjero –dijo él con tono cordial–. Mi nacionalidad es griega. Pero trabajo mucho en Londres porque es un centro financiero muy importante. Vivo en Grecia. ¿La conoces? ¿Tal vez de algunas vacaciones? –sonrió, quería que Tia volviera a sentirse cómoda.

Tia sacudió la cabeza.

–Veraneábamos en España cuando yo era pequeña –dijo apartando la vista–. Cuando mi padre todavía vivía y mi madre no estaba enferma.

–Está bien tener buenos recuerdos infantiles, sobre todo de las vacaciones familiares –murmuró Anatole.

Excepto que él no los tenía. Las vacaciones escolares del exclusivo internado suizo en el que vivía desde los siete años las pasaba en casa de amigos o en la

enorme mansión de los Kyrgiakis en Atenas con la
única compañía del personal de servicio. Sus padres
estaban demasiado ocupados con sus propias vidas.

Cuando llegó a la adolescencia pasaba algunas semanas con su tío, el hermano mayor de su padre. Vasilis nunca había mostrado ningún interés por los negocios o las finanzas. Era un erudito al que le encantaba
perderse en bibliotecas y museos. Utilizaba el dinero de
los Kyrgiakis para financiar investigaciones arqueoló-
gicas y proyectos artísticos. Desaprobaba la conducta
inmoral de su hermano en el amor, pero nunca lo criti-
caba abiertamente. Era un soltero empedernido, y a
Anatole le resultaba amable pero algo lejano. Con el
tiempo empezó a valorar su sentido común.

–Bueno, pues por tu primer viaje a Grecia. Seguro
que algún día irás –dijo volviendo al momento y entre-
chocando suavemente la copa con la de Tia.

Ella le dio un pequeño sorbo mientras miraba al
hombre que tenía delante y que la había recogido de la
calle para llevarla a su precioso apartamento a tomar
champán... por primera vez en su vida.

Le costaba trabajo creer que aquello estuviera pasando de verdad. Tal vez aquel único sorbo de champán
la había hecho osada, porque dijo precipitadamente:

–¡Es increíblemente amable por tu parte!

«¿Amable?». Aquella palabra no le cuadraba a Anatole. Lo que estaba haciendo era dejándose llevar por lo
que le apetecía hacer. Volvió a levantar la copa. En
aquel momento no le importaba. Tenía la atención
puesta en aquella preciosa mujer tan joven, tan fresca,
tan cautivadora en su naturalidad. No estaba poniendo
en práctica ninguna artimaña para atraerle, no le hacía
ojitos ni pedía nada de él.

Anatole sonrió y se le suavizó la expresión.

–Bebe un poco más –dijo–. Tenemos toda una botella –le dio un sorbo a la copa y la animó a hacer lo mismo.

Tia bebió mientras miraba hacia las maravillosas vistas.

–Y dime –le pidió Anatole rellenando las copas–, ¿a qué te quieres dedicar en la vida? Ya sé que ser cuidadora es importante, pero supongo que no querrás hacerlo para siempre, ¿no?

Al hacerle aquella pregunta cayó en la cuenta de que nunca en su vida había conocido a nadie de su estrato social. Todas las mujeres con las que trataba eran profesionales de alto perfil o hijas de papá con dinero. Especies completamente diferentes a aquella joven que tenía un trabajo triste y duro.

Tia se mordió el labio inferior, sintiéndose de pronto algo incómoda.

–Bueno, pasaba mucho tiempo fuera del colegio porque tenía que cuidar de mi madre y nunca aprobaba los exámenes, así que no pude ir a la universidad. Y, aunque estoy intentando ahorrar, todavía no puedo pagarme una casa propia.

–¿No tienes familia que te ayude? –Anatole frunció el ceño.

Ella negó con la cabeza.

–Solo éramos mi padre, mi madre y yo.

Tia le miró. Se había bebido casi una copa entera de champán y se sentía de lo más atrevida. Tal vez aquello fuera un sueño, pero iba a disfrutarlo hasta el final.

–¿Y tú? –le preguntó–. Las familias griegas suelen ser numerosas, ¿no?

Anatole sonrió sin ganas.

–La mía no –afirmó–. Yo también soy hijo único –miró la copa de champán–. Mis padres se divorciaron

y los dos están ahora casados con otras parejas. No los veo mucho.

Porque no quería. Ni ellos tampoco. La única reunión fija de la familia Kyrgiakis era la junta anual de accionistas, allí se encontraban él, sus padres, su tío y algún primo lejano.

–Vaya, es una lástima –murmuró ella con simpatía.

Sintió un escalofrío desagradable. No le gustaba pensar que los hombres de fantasía como aquel pudieran tener familias disfuncionales como la gente normal. Viviendo en lugares tan magníficos como aquel y bebiendo champán, no podrían tener los mismos problemas que las personas normales y corrientes.

–No es para tanto –Anatole volvió a sonreír–. Estoy acostumbrado.

Se preguntó distraídamente por qué estaban hablando de su familia. Nunca hablaba del tema con las mujeres. Consultó el reloj. Deberían entrar ya. La cena llegaría enseguida y Anatole no quería pensar en su familia ni en nada que le incomodara. Incluso Vasilis, por muy amable que fuera, vivía en su propio mundo, feliz con sus libros y sus actividades filantrópicas en el mundo de las artes.

Dejó pasar a su invitada primero al interior. Empezaba a oscurecer y encendió las luces de la terraza, iluminando con luz tenue las verdes plantas.

–¡Qué bonito! –exclamó Tia–. Parece un paisaje de cuento.

Se sintió al instante muy infantil por haber dicho aquello, aunque fuera verdad, pero Anatole se rio. Sonó el teléfono fijo para anunciar que la cena estaba en camino, y cinco minutos más tarde estaban ambos sentados tomando el primer plato, una delicada terrina de pescado blanco.

–Esto está delicioso –aseguró ella con el rostro iluminado mientras comía.

Dijo lo mismo sobre el pollo bañado en salsa con patatas doradas y judías verdes. Una receta sencilla pero maravillosamente bien cocinada.

–Come –la animó Anatole con una sonrisa indulgente mientras le servía más champán.

Se recordó que debía tener cuidado y no darle más de lo que podía manejar.

Ni de lo que podía manejar él. Todavía tenía que llegar al hotel para pasar allí la noche. Pero ese momento todavía no había llegado y seguiría disfrutando de cada instante de su velada en común.

Una sensación de bienestar se apoderó de él. Mantuvo deliberadamente el tono de la conversación informal, hablando sobre todo él, para intentar que Tia se sintiera lo más relajada y cómoda posible.

–Si alguna vez vas a Grecia de vacaciones, ¿qué te gustaría hacer? ¿Tostarte en la playa al sol? ¿O prefieres hacer turismo? Se pueden hacer las dos cosas tanto en tierra firme como en las islas. Y, si te gusta la historia antigua, no hay mejor sitio en el mundo que Grecia, en mi opinión.

–No sé nada sobre historia antigua –confesó ella sonrojándose ligeramente.

Se sintió incómoda cuando le recordó su falta de cultura. No quería que la realidad se mezclara con aquel maravilloso cuento de hadas real que estaba viviendo.

–Seguramente hayas oído hablar del Partenón –declaró él–. Es el templo más famoso del mundo y está en la Acrópolis de Atenas.

–Sí, he visto fotos –dijo Tia, contenta de al menos reconocer aquello.

Anatole sonrió y empezó a darle información sobre aquel lugar y otros sitios de interés turístico de su tierra natal.

Cuando estaban tomando el postre, Anatole abrió una botella de vino dulce. Le pareció que le resultaría más agradable que una copa de oporto. Y Tia lo disfrutó.

Anatole se puso de pie al terminar el postre. Había dejado el café preparándose cuando fue a buscar el vino dulce, y en ese momento lo llevó y lo puso en la mesita situada al lado del sofá.

–Ven a sentarte –la invitó tendiéndole la mano.

Tia se levantó y de pronto fue consciente de que estaba algo mareada. ¿Cuánto champán se había tomado?, se preguntó. Sentía como si le corriera por las venas, como si estuviera flotando en una brisa de felicidad. Pero no le importaba. Nunca volvería a vivir una noche así, como salida de un cuento de hadas.

Suspiró satisfecha y se dejó caer en el sofá con la copa de vino en la mano.

Anatole tomó asiento a su lado.

–Es hora de relajarse –dijo con tono cordial encendiendo la televisión con un mando a distancia.

Subió los pies a la mesa y dejó la corbata en el respaldo del sofá. Quería estar completamente cómodo. La mezcla del champán y el vino dulce le recorría suavemente las venas. Esperaba que hiciera el mismo efecto en Tia y le permitiera disfrutar del resto de la velada con él antes de que se fuera al hotel.

Se preguntó con indolencia si debería llamar para decirles que iba a ir, pero decidió no hacerlo. Lo que hizo fue ir cambiando de canal hasta que encontró por casualidad uno que llevó a su invitada a exclamar:

–¡Oh, me encanta esta película!

Era una comedia romántica que se dejaba ver, y Anatole estaba encantado de hacerlo. Encantado de ver cómo Tia se sentaba sobre los pies desnudos en el sofá y se reclinaba contra los cojines.

Mientras volvía a llenarle la copa, Anatole se preguntó en qué momento se había acercado a ella. ¿En qué momento estiró y flexionó las piernas y también los brazos de modo que ahora uno de ellos descansaba en el respaldo del sofá, y le rozaba el hombro con los dedos?

¿En qué momento empezó a juguetear distraídamente con sus suaves rizos alrededor de la nuca?

¿En qué momento decidió que no tenía ninguna gana de ir a ningún sitio aquella noche?

Toda la precaución y las señales de alarma de su cabeza caían completamente en oídos sordos.

La película llegó a su sentimental final con el protagonista levantando en brazos a la chica y besándola mientras sonaba la música y aparecían los títulos de crédito. Tia exhaló un profundo suspiro de satisfacción, dejó sobre la mesa la copa ya vacía y se giró para mirar a Anatole.

Se sentía atravesada por una emoción que se mezclaba con el champán, el delicioso vino dulce y la maravillosa comida, la mejor que había probado en su vida. Y todo aderezado con velas, música suave y un príncipe azul haciéndole compañía.

La película era una de sus favoritas, la había visto muchas veces pero verla en aquel momento allí, con aquel hombre tan guapo a su lado, resultaba tan real... no era una fantasía ni un cuento de hadas, era real. Nunca había estado tan cerca de un hombre antes, y mucho menos de un hombre así, un hombre capaz de convertir los cuentos de hadas en realidad.

Y Tia sabía cómo terminaban los cuentos: con el héroe besando a la protagonista.

Se sintió invadida por la emoción y la esperanza. Los ojos le brillaban como estrellas cuando alzó la vista hacia el hermoso rostro de aquel hombre que representaba todo lo que había anhelado en su vida. El hombre que ahora la miraba con sus ojos negros brillantes y aquella boca tan sensual...

Tia sintió que le faltaba el aliento.

Anatole la miró, observó la belleza de su rostro, cómo se le apretaban los dulces montículos de los senos contra la camiseta de algodón, cómo entreabría los labios... y supo exactamente lo que quería.

Permaneció quieto durante un largo instante mientras un millón de pensamientos conflictivos se enfrentaban en su cabeza respecto a lo que debía hacer a continuación. Lo que tenía que hacer frente a lo que quería hacer.

Pero se contuvo, porque sabía que lo que tanto anhelaba hacer no debía hacerlo. Debería apartarse de Tia, ponerse de pie, aumentar la distancia entre ellos. Porque si no lo hacía en aquel momento...

Ella levantó la mano casi temblando y le deslizó con delicadeza los dedos por la mandíbula con un roce etéreo, como si no se pudiera creer lo que estaba haciendo. Pronunció su nombre. Sus ojos eran dos lagos de deseo. Tenía los labios entreabiertos y los ojos semicerrados. Esperando... por él.

Y Anatole no pudo más. Perdió los pocos jirones de conciencia que le quedaban y se inclinó hacia ella. La mano que tenía detrás de su cabeza le agarró suavemente la nuca, la otra se la deslizó por la mejilla antes de sostenerle la cara. Tia tenía los ojos abiertos ahora

de par en par, y le brillaban como faros atrayéndole para que hiciera lo que ella estaba mostrando con tanta claridad que quería que hiciera.

Anatole cerró los ojos cuando su boca rozó la suya suave y aterciopelada, saboreando el vino dulce en sus labios, el calor de su boca cuando se la entregó. La escuchó emitir un suave gemido gutural y sintió cómo su propio pulso se le aceleraba.

Era tan suave que Anatole intensificó el beso automáticamente, de forma instintiva, deslizándole la mano por la curva del hombro y girándola hacia él, atrayéndola hacia sí de modo que ahora Tia tenía la mano apoyada en el duro muro de su pecho y una pierna contra la suya.

La escuchó gemir de nuevo y aquello acentuó su excitación. Anatole pronunció su nombre, le dijo lo dulce que era, lo deliciosa. Si se lo dijo en griego no se dio cuenta, no se dio cuenta de nada excepto de que tenía entre los brazos una mujer a la que deseaba.

Y que le deseaba a él.

Porque eso era lo que le decía su cuerpo tierno y esbelto, lo que le mostraba de pronto la erección de sus pezones, que estaban sin saber cómo debajo de la palma de la mano de Anatole.

Sin darse cuenta de lo que hacía, Tia le rodeó la cintura con el brazo. Él le colocó la espalda sobre el regazo y siguió besándola con una mano en su seno hasta que ella gimió con los ojos cerrados y una expresión de felicidad en el rostro que habría que estar ciego para no ver.

Deslizó con indolencia la mano desde el seno de Tia por el costado hasta llegar al muslo. Allí apartó la fina tela de algodón hasta que encontró la piel desnuda debajo. La acarició hasta que la escuchó gemir de nuevo,

sintió su muslo contra el suyo y también notó la excitación de su propio cuerpo.

El deseo se apoderó de él. Un deseo fuerte, imposible de resistir.

Pero debía resistirse. Aquello estaba yendo demasiado rápido y era demasiado intenso. Estaba permitiendo que el abrumador deseo que sentía por ella lo arrastrara, y debía volver atrás.

La apartó de sí con el corazón latiéndole a toda prisa.

–Tia... –tenía la voz rota, y alzó la mano como si quisiera contenerla a ella también.

Vio cómo cruzaba una sombra de angustia por su rostro, y él lo recibió como un golpe.

–¿No... no me deseas? –había tristeza en su voz, que se expresó en un susurro acallado.

Anatole gruñó.

–Esto no está bien, Tia. No puedo aprovecharme de ti de esta manera.

–¡No te estás aprovechando! –exclamó ella al instante–. Por favor, no me digas que no me deseas. ¡No podría soportarlo!

Anatole le sostuvo el rostro entre las manos.

–Te deseo mucho, Tia. Pero...

«Pero en este apartamento hay más de una habitación y esta noche tenemos que estar en cuartos separados... así debe ser. Porque cualquier otra cosa sería... sería...».

El rostro de Tia volvió a encenderse como un faro.

–Por favor –suplicó–. Esta noche contigo ha sido increíble. Algo maravilloso. Y lo de ahora... es distinto a todo lo que he experimentado en mi vida. No te pareces a nadie que haya conocido. Y esto es... es...

Tia señaló hacia la estancia, suavemente iluminada,

la botella de champán vacía, el brillo de las luces de la terraza.

—Todo esto no volverá a pasarme jamás —se mordió el labio inferior, que le temblaba—. Quiero que suceda esto. Por favor —volvió a suplicarle—. Por favor, no me rechaces.

Y una vez más, Anatole se sintió perdido.

Incapaz de resistirse a lo que no quería resistirse, la atrajo hacia sí y descendió la boca para volver a saborear la dulzura de miel de la suya, que se abrió al instante a él.

«Ella quiere esto. Lo quiere tanto como yo. Y aunque acabamos de conocernos, el deseo que siento hacia ella es abrumador. Igual que el suyo por mí. Y debido a eso...».

Debido a eso, Anatole se puso de pie, le deslizó una mano bajo las rodillas y la abrazó mientras se la llevaba. Y no a la habitación de invitados, sino a la principal, donde apartó la colcha para depositarla suavemente en las frescas sábanas. Ella le miraba con las pupilas dilatadas, los labios henchidos y los senos apretados contra la camiseta de algodón.

Quería quitársela. Quería dejarla sin ropa, que no hubiera barreras entre él y aquella preciosa mujer que deseaba tanto.

Capítulo 3

TIA ALZÓ la vista para mirar a aquel hombre tan insoportablemente guapo. La mente le daba vueltas. Tenía el cuerpo en llamas y se sentía poseída por una sensualidad aterciopelada. Alzó los brazos hacia Anatole, como rogándole para que la volviera a tomar en sus brazos y la acariciara.

Se estaba quitando la ropa, y Tia sintió cómo se le abrían los ojos de par en par cuando la camisa reveló los contornos suaves y musculosos de su pecho. Y luego llevó los dedos al cinturón y se lo quitó...

Ella soltó un grito ahogado y giró la cabeza en la almohada. De pronto se sentía muy tímida. Nunca había soñado que un hombre así podría pasar por su vida, y de pronto todo resultaba demasiado real.

Entonces sintió que el colchón cedía bajo el peso de Anatole, que se puso a su lado. Le escuchó murmurarle al oído palabras dulces, seductoras, irresistibles... y entonces él le tomó el rostro con una mano para girarlo en su dirección. Estaba muy cerca de ella, y en sus ojos había una luz que no había visto nunca en ningún hombre antes.

No quería parar aquello. Quería que sucediera, lo deseaba con todo su ser. Aquel anhelo había surgido de la nada, igual que todo aquel encuentro con ese hombre maravilloso surgido de la nada.

Tia cerró los ojos y sintió su boca deslizarse por la suya como la pluma de un cisne. Sintió cómo le deslizaba las manos por la cintura y le subía la tela de la camiseta para sacársela por la cabeza deteniéndose apenas un instante para depositarle un suave beso. Sintió las manos de Anatole fuertes y cálidas en la espalda, desabrochándole el sujetador y tirándolo a algún lado. Y de pronto... de pronto le estaba bajando las braguitas por los temblorosos muslos.

Anatole se incorporó un instante y le acarició la melena de rizos dorados extendida sobre la almohada.

–Eres preciosa –murmuró mirándola fijamente–. Increíblemente preciosa.

Tia no pudo decir nada, solo pudo mirar hacia arriba y escuchar su mente repitiendo aquellas palabras... *Él* era precioso, con su pelo oscuro, los pómulos esculpidos y aquellos ojos en los que podía sumergirse. Su cuerpo duro y esbelto hacia el que las manos de Tia se elevaban ahora con voluntad propia.

Acarició con la yema de los dedos cada línea, cada contorno de sus trabajados músculos. Anatole pareció estremecerse bajo su contacto y sintió cómo tensaba los músculos, como si le estuviera haciendo algo insoportable. Y luego su boca volvió a descender hambrienta.

Tia también estaba hambrienta, con un hambre tan instintiva y abrumadora como su necesidad de ser abrazada y besada por aquel hombre tan seductor. Anatole estaba haciendo que la sangre le corriera como un torrente por las venas, embotándole los sentidos y convirtiéndola en una llama viva. Nunca se imaginó que el deseo pudiera ser así.

Y deseaba a Anatole. Se agarró a él sin saber lo que hacía, solo que era lo que tenía que hacer. Arqueó el

cuerpo contra el suyo y abrió los muslos. Se escuchó decir algo, pero había perdido toda coherencia.

Anatole se detuvo un instante y se apartó de ella. Le resultó insoportable no sentir su cuerpo fuerte y cálido sobre el suyo. Y luego, con una oleada de alivio, volvió a sentirlo allí besándola de nuevo con manos urgentes y todos los músculos de su cuerpo en tensión. Sintió su cuerpo entrando en el suyo, sintió cómo movía las caderas, sintió...

¡Dolor! Un dolor repentino y punzante.

Soltó un grito y se quedó quieta. Anatole también. La miró con expresión de absoluto impacto.

Salió de ella y el dolor desapareció. Tia levantó la cabeza e intentó ciegamente volver a atrapar la boca con la suya. Pero Anatole seguía apartado.

—No sabía... no me he dado cuenta...

Ella solo podía mirarlo. Se sentía devastada.

—¿No me deseas? —aquello era lo único que tenía en la cabeza. El dolor de su rechazo.

—Tia, no sabía que esta iba a ser tu primera vez...

Ella le agarró los hombros desnudos.

—¡Quiero que lo sea! Quiero que sea contigo. Por favor...

Anatole estaba en conflicto. Ardía de deseo por ella, y sin embargo... Pero Tia estaba apretando su cuerpo contra el suyo, aplastándole los senos en el muro del pecho. Frotaba las caderas contra las suyas en una ancestral invitación de mujer a hombre, para poseer y ser poseída.

—Por favor —susurró ella con voz implorante—. Deseo esto... te deseo a ti.

Tia le deslizó la mano por la nuca y le bajó la cabeza. Le buscó la boca y experimentó una sensación de alivio al notar sus labios. Con un gemido de impoten-

cia, Anatole abandonó su conflicto interno y se dejó llevar por lo que tanto deseaba... hacerla suya.

Era por la mañana. Las cortinas, que estaban sin correr, dejaban entrar la luz del alba. Tia yacía adormilada y feliz en brazos de Anatole. No había habido más dolor, y él había sido tan delicado como si Tia fuera de porcelana, aunque la suave sensibilidad de su cuerpo proclamaba ahora que estaba hecha de carne y hueso.

Tia tenía la cabeza apoyada sobre el brazo extendido de Anatole y sonreía. Él le recorrió el rostro con sus ojos oscuros mientras le acariciaba los suaves mechones de pelo con la mano libre. También sonreía. Era una sonrisa de intimidad, de cariño.

Tia se sentía envuelta en una bruma de felicidad tan grande que apenas se atrevía a creer que aquello hubiera pasado de verdad.

—¿Tienes que volver al trabajo? —le preguntó Anatole.

Ella frunció levemente el ceño, no entendía la pregunta.

—La agencia volverá a abrir a las nueve —dijo.

Anatole sacudió la cabeza.

—Me refiero a que si vas a empezar en un nuevo puesto. ¿Has firmado ya para cuidar a alguien más? —él volvió a acariciarle el pelo—. No quiero que te vayas. Tengo que ir a Atenas esta semana. Ven conmigo.

«Ven conmigo». Las palabras le resonaban en la cabeza. Estaba completamente seguro de lo que decía. Quería que Tia se quedara con él.

—¿Lo dices en serio? —le preguntó ella mirándole con los ojos abiertos de par en par.

—Claro.

La sombra de confusión, de miedo por haber entendido mal, desapareció del rostro de Tia.

−¡Sí, sí, sí! −exclamó emocionada.

Anatole se rio. No había temido que le dijera que no. ¿Por qué iba a hacerlo? La noche que habían pasado juntos había sido maravillosa para Tia y él lo sabía. Y sabía que había llevado su cuerpo inexperto a un éxtasis que la había sorprendido por su intensidad.

Y si quería una prueba de ello en el momento actual... bueno, ahí la tenía. Ella le miraba ahora de un modo que le hacía sentir calidez por todo el cuerpo. Volvió a rozar sus labios con los suyos y sintió cómo el deseo, que estaba adormilado pero todavía presente, volvía a cobrar vida. La besó más apasionadamente con toques sensuales y sutiles para despertar en ella una respuesta. Tendría que ser muy cuidadoso y tener en cuenta los drásticos cambios en su cuerpo tras su primer encuentro.

Sintió las yemas de los dedos de Tia sobre el cuerpo explorando... atreviéndose... alimentando su excitación con cada caricia...

Exhalando un suspiro de profunda satisfacción, empezó a hacerle el amor de nuevo.

Transcurrieron varios días antes de que fueran a Atenas. Días en los que Tia tuvo la absoluta certeza de que se había transportado a un país de fantasía.

¿Cómo iba a estar en otro sitio? Había sido transportada allí por el hombre más guapo, maravilloso y fantástico que podía imaginarse. Un hombre que había lanzado un hechizo sobre su vida.

Aquella primera mañana, después de que Anatole le hubiera hecho el amor otra vez, desayunaron fuera en la terraza con el sol de la mañana iluminándolos.

Luego se la llevó a unos de los grandes almacenes de lujo más famosos del mundo, de donde salió varias horas más tarde con numerosas bolsas de ropa de diseño y un nuevo corte de pelo, con la misma longitud pero con más estilo. La maquilló un experto, y cuando Anatole la vio sonrió triunfal.

Sabía que estaría fantástica con la ropa y el estilo adecuados.

La miró de arriba abajo con aprobación y vio cómo Tia se sonrojaba de placer, vio el brillo de sus ojos.

Estaba haciendo lo correcto.

Aquella certeza lo atravesó. Aquella preciosa criatura que había rescatado de la calle era perfecta para él. Y llevarla a Atenas sería solo el primer paso.

Le había conseguido un pasaporte y ahora volaban hacia Atenas en primera clase.

Tia estuvo todo el vuelo sentada a su lado en un estado de felicidad estupefacta, bebiendo de la copa de champán y mirando por la ventanilla con gesto de asombro, como si no se pudiera creer que aquello le estuviera pasando de verdad.

En Atenas les esperaba un coche con chófer para llevarlos a su apartamento. Anatole prefirió no utilizar la mansión Kyrgiakis, prefería de lejos su propio apartamento palaciego con impresionantes vistas a la Acrópolis.

—¿No te dije que algún día verías el Partenón? —le preguntó con una sonrisa señalándole las famosas ruinas, visibles por todas partes—. Ha perdido gran parte de su esplendor porque los otomanos lo utilizaron como almacén de pólvora, y explotó —torció el gesto—. Pero ahora se intenta conservarlo lo mejor posible.

—¿Otomanos? —preguntó Tia.

—Llegaron de la actual Turquía y conquistaron Gre-

cia en el siglo xv. Tardamos cuatrocientos años en independizarnos –le explicó Anatole.

Tia le miró insegura.

–¿Fue Alejandro Magno? –preguntó con cautela. Conocía el nombre de aquel famoso personaje griego.

–No, eso fue dos mil años antes. Alejandro Magno es anterior a la época romana. Grecia solo consiguió la independencia en la Edad Moderna, en el siglo xix –le dio una palmadita en la mano–. No te preocupes. La historia de Grecia es muy larga. Terminarás haciéndote una idea. Te llevaré a visitar el Partenón mientras estemos aquí.

Pero al final no lo hizo, porque una vez resueltos los asuntos de negocios, alquiló un yate y se la llevó de crucero por el mar Egeo.

–¡Tiene helicóptero! –exclamó Tia con la boca abierta cuando lo vio–. ¡Y piscina!

–Y otra cubierta por si llueve –Anatole sonrió–. Podremos bañarnos desnudos en las dos.

Tia se sonrojó, y a él le pareció adorable. Todo en ella le resultaba adorable. Aunque después de quince días juntos ya había dejado de ser la virgen ingenua de la primera noche, seguía siendo deliciosamente tímida.

Pero no tanto como para negarse a ir a bañarse desnuda bajo las estrellas con él, ni a que le hiciera el amor en el agua hasta que gritó de placer.

Estuvieron recorriendo el Egeo durante diez días, deteniéndose en pequeñas islas donde se bajaban a comer en los restaurantes del puerto o a hacer un picnic bajo los olivos con el ruido de las cigarras de fondo.

Placeres sencillos... y Anatole se preguntó cuándo fue la última vez que había estado tan a gusto con una mujer. Desde luego no con alguna que lo apreciara todo tanto como Tia.

Le encantaban todos los planes que hacían juntos. Todo le entusiasmaba, ya fuera navegar con el yate por las aguas azules hasta una pequeña cala de una isla, bañarse en las olas después de hacer el amor, o como aquel día, tomar un *Kir royal* mientras veían el atardecer en un bar del puerto y luego volver a bordo para disfrutar de una cena gourmet de cinco platos servida en la cubierta superior.

Tia miró a Anatole por encima de las velas que había en el mantel.

–Estas son las mejores vacaciones con las que alguien podría soñar –murmuró.

Sus ojos reflejaban adoración. ¿Cómo iba a ser de otra manera? ¿Cómo no se le iba a notar todo lo que sentía por aquel hombre tan maravilloso que la había llevado allí? La emoción se apoderó de ella.

Los ojos oscuros de Anatole se entretuvieron en su hermoso rostro. Un cálido tono bronceado había convertido su piel en oro, y tenía el cabello más claro por los rayos de sol. Sintió el deseo crecer en su interior. Le gustaba tenerla cerca. Tenerla en su vida.

–Dime, ¿has estado alguna vez en París? –le preguntó.

Tia negó con la cabeza.

Anatole sonrió.

–Bueno, tengo que ir por negocios. Te va a encantar.

Se sentía bien al saber que sería el primer hombre que le enseñaría la Ciudad de la Luz. Igual que había sido el primero en llevarla de crucero, en verla disfrutar del lujo de su estilo de vida. Ver cómo apreciaba todo.

Como en el cuento del príncipe y la mendiga.

Pero le gustaba la sensación. Mucho. Encontraba

placer en darle todos los lujos de los que no había podido disfrutar en su vida. Pero era lo bastante sincero
para reconocer que no era solo por Tia, sino también
por él. Le gustaba sentir su ardiente mirada adorándole.
Le hacía sentirse bien.

«Amado».

Apartó aquella palabra de su mente como si se hubiera dado con una roca en un arroyo. Le cambió la
expresión y negó lo que acababa de escuchar en su cabeza.

No quería que Tia le amara. Por supuesto que no. El
amor era una complicación innecesaria. Estaban teniendo una aventura, igual que con todas las mujeres
que habían pasado por su vida... por su cama. Seguiría
su curso y en algún momento se dirían adiós.

Hasta entonces... bueno, Tia, tan diferente a cualquier otra mujer que hubiera conocido, era justo lo que
quería.

Su única fuente de inquietud era que seguía sintiéndose muy incómoda cuando estaban con gente allí
donde viajaban. Anatole no quería que se sintiera fuera
de lugar en los círculos cosmopolitas y sofisticados en
los que él se movía inevitablemente. Hacía todo lo posible para facilitarle las cosas, pero ella estaba siempre
muy callada.

Varios pensamientos incómodos le cruzaban por la
mente. ¿Le había preguntado alguna vez alguien a la don-
cella mendiga cómo se sintió cuando el príncipe la metió
en su vida de oropel?

Y, sin embargo, cuando estaban solos, Tia se encontraba visiblemente relajada, habladora y cómoda. Contenta de estar con él y siempre agradecida. Siempre con
ganas de él.

Anatole se dio cuenta de que no sentía ningún deseo de dejarla marchar.

Se preguntó si lo sentiría alguna vez. Pero se quitó la pregunta de la cabeza. El momento llegaría, pero todavía no estaba en aquel punto, y hasta entonces disfrutaría de Tia y de su aventura al máximo.

Tia estaba sentada frente a la cómoda del baño palaciego observando su propio reflejo en el espejo. Llevaba uno de aquellos maravillosos vestidos que Anatole le había comprado durante los últimos meses de su relación. Su generosidad la perturbaba, pero la aceptaba porque sabía que no podía desenvolverse por aquel mundo de oropel con su ropa barata.

Y, además, ninguna de aquella ropa era realmente suya. Ni se le ocurriría llevársela cuando...

Su mente atajó aquel pensamiento. No quería pensar en cuando llegara aquel momento. No quería que estropeara su maravilloso tiempo con Anatole.

«Anatole». Ya solo su nombre le provocaba un sonrojo en las mejillas. Qué hombre tan maravilloso, tan amable, tan atento con ella. El corazón le latía más deprisa cada vez que pensaba en él. Cada vez que le miraba sentía la emoción recorriéndole las venas.

Sintió que le cambiaba la expresión y se le ensombrecía la mirada.

Debía tener mucho cuidado. Solo había una manera de que aquella aventura terminara... como el oro mágico convirtiéndose en polvo al caer la noche. Y el final no sería nada bueno para Tia.

Sintió un escalofrío helado. Pero sería mucho peor dejar que el corazón se le llenara con el único sentimiento que no debía tener por Anatole.

«Anhelo lo único que podría mantenerme en la vida de Anatole para siempre».

Anatole se sentía tenso. Habían regresado a Atenas, y se acercaba la junta anual de accionistas de la corporación Kyrgiakis. Aquello nunca le ponía de buen humor. Sus padres le pedirían más dinero, y únicamente la tranquilizadora presencia de su tío Vasilis sería un bálsamo.

Tener que pasar tantas horas en la sede de la empresa encerrado con su director financiero repasando todas las cifras antes de la reunión significaba que tenía poco tiempo para Tia últimamente, pero cuando estaba con ella le daba la sensación de que había algo que la preocupaba.

No había tenido tiempo para indagar. Se dijo que cuando finalizara aquella maldita junta se la llevaría de vacaciones a algún sitio. La idea le había alegrado, aunque no tanto como para cambiarle la expresión de perpetuo mal humor mientras se preparaba para lo que se le venía encima.

Ahora, mientras desayunaba, se le pasaba por la cabeza todo lo que debía tener preparado para la reunión de aquella mañana.

Además de la reunión oficial, su familia esperaría una celebración a lo grande en uno de los mejores hoteles de Atenas, donde a su padre le gustaba alojarse. Como era de esperar, su madre nunca se quedaba allí, sino en un hotel de la competencia. Los dos eran muy caros y ambos cargaban las facturas en la cuenta de la empresa para irritación de Anatole.

Pero sus padres siempre habían hecho lo que les daba la gana, y como quería tener que ver lo menos

posible con ellos, toleraba sus excesos y los de sus respectivas parejas. La única persona a la que de verdad quería ver era a Vasilis, que llevaba bastante tiempo en Turquía colaborando en un museo.

Anatole iba a invitar a Vasilis a comer el día después de la junta, porque, aunque sabía que su erudito tío podría resultarle demasiado académico a Tia, no la intimidaría debido a su amable personalidad.

Agarró el zumo de naranja y se detuvo. Tia le miraba girando nerviosamente la taza de café entre los dedos y con una expresión que no le había visto nunca en el tiempo que llevaban juntos.

–¿Qué te pasa? –le preguntó.

Ella no contestó. Se limitó a tragar saliva y palideció.

–¿Tia? –insistió. No quería parecer apremiante, pero tenía el tiempo justo y necesitaba desayunar y marcharse.

Fuera lo que fuera lo que la inquietara, ya se ocuparía de ello más tarde. Por el momento le ofrecería algunas palabras tranquilizadoras, no tenía tiempo para nada más. Dejó el zumo de naranja sobre la mesa y esperó. La vio tragar saliva de nuevo, al parecer le costaba trabajo hablar.

Y, cuando lo hizo, entendió la razón.

–Creo... creo que estoy embarazada.

Capítulo 4

CHRISTINE salió del coche. Le temblaban tanto las piernas que no supo ni cómo logró entrar. La señora Hughes, el ama de llaves, ya estaba allí porque había regresado antes de la iglesia. La recibió con tono apesadumbrado:

–Un servicio precioso, señora Kyrgiakis –dijo con amabilidad.

Christine tragó saliva.

–Sí, lo ha sido. El vicario ha sido muy generoso al permitir que fuera enterrado allí considerando que era ortodoxo.

La señora Hughes asintió con simpatía.

–Bueno, estoy segura de que el buen Dios recibirá con los brazos abiertos al señor Kyrgiakis sea cual sea la puerta por la que entre al Cielo. Su marido era un hombre maravilloso.

–Gracias.

Christine sintió que se le cerraba la glotis y los ojos se le llenaban de lágrimas. Se dirigió al salón donde las paredes estaban cubiertas por papel pintado de estilo chiné, como sabía ahora. Igual que sabía la época de todos los muebles antiguos que había en la casa y el nombre de los pintores de los cuadros que colgaban en la pared. Vasilis los había transportado desde Atenas para adornar la casa en la que viviría con su joven esposa.

Una bonita casa de estilo victoriano en el corazón de la campiña de Sussex. Lejos de su antigua vida y de los asombrados y ultrajados miembros de su familia. Una casa serena y bella en la que vivir tranquilamente, y en la que finalmente había muerto.

Las lágrimas volvieron a correrle por las mejillas y Christine se acercó al balcón que daba al jardín. No era muy grande, pero sí muy verde. Le vino a la cabeza el recuerdo de cómo le impactó el oasis verde que tenía Anatole en la terraza de su apartamento londinense y que se convertía en un paisaje de cuento al encender la luz.

Apartó de su mente aquel pensamiento. El cuento se había transformado en polvo que fue arrastrado por el frío viento de la realidad. La realidad que le había espetado Anatole.

«No tengo intención de casarme contigo, Tia. ¿Has hecho esto para intentar atraparme?».

Christine echó los hombros hacia atrás e hizo un esfuerzo por volver al presente. No había invitado a nadie a que fuera después del funeral. No podía. Lo único que quería era estar sola.

Pero en su mente surgió la imagen de aquel hombre vestido de negro con gesto adusto mirando desde lejos la tumba de su marido. Sintió una punzada de miedo.

No se atrevería a aparecer por allí. ¿Por qué iba a hacerlo? Había ido a ver cómo enterraban a su tío, nada más. No se mancharía los zapatos cruzando aquel umbral. No mientras ella estuviera allí.

Pero cuando se apartó de la ventana llamaron a la puerta y el ama de llaves la abrió.

—Siento molestarla, señora Kyrgiakis, pero tiene usted una visita. Dice que es el sobrino del señor Kyrgiakis. Lo he pasado a la salita.

Christine sintió un escalofrío en la espina dorsal. Durante un momento no fue capaz de moverse. Luego asintió haciendo un esfuerzo.

–Gracias, señora Hughes.

Reuniendo todo su valor, se dirigió a enfrentarse al hombre que había destruido todos sus ingenuos sueños.

Anatole estaba al lado de la chimenea mirando a su alrededor con expresión irritada los objetos de arte de su tío y las obras maestras que colgaban de la pared.

«No le ha ido nada mal a esa mujer que recogí de la calle», pensó apretando los labios.

Sintió una punzada de rabia. De rabia y de muchas más cosas. Ella heredaría toda la parte que le correspondía a Vasilis de la fortuna de los Kyrgiakis. Una buena suma. No estaba nada mal para una mujer que en el pasado tenía que aceptar todos los trabajos que le ofrecían por muy mal pagados que estuvieran siempre y cuando incluyeran alojamiento.

Bien, pues estaba claro que aquel trabajo incluía alojamiento.

Torció todavía más el gesto. Había encontrado una vagabunda ingenua y había creado una cazafortunas. Anatole le había dado a probar todo aquello. La había convertido en lo que era.

Sintió un sabor amargo en la boca.

Escuchó unos pasos tras las puertas dobles y luego se abrieron. Dirigió la mirada hacia allí y la vio. Una puñalada le atravesó el estómago cuando la miró. No se había quitado el traje negro y llevaba el pelo recogido en un moño tirante. No quedaba ni rastro de las suaves ondas que en el pasado le caían flotando sobre los hombros.

Tenía el rostro pálido. Adusto. Todavía marcado por las lágrimas que había derramado junto a la tumba.

Le vino a la mente el recuerdo de cómo temblaba cuando el coche estuvo a punto de atropellarla, cuánto le conmovió su reacción cuando sollozó y lo mucho que deseaba detener aquellas lágrimas.

El puñal se le clavó más hondo.

–¿Qué estás haciendo aquí?

Le hizo la pregunta con tono seco y no entró en la sala, solo cerró las puertas a su espalda. Había algo distinto en su voz, y Anatole tardó un poco en darse cuenta de que no era solo la hostilidad, sino el tono. Era tan seco como cristalino. Y su apariencia corroboraba aquella impresión. La austeridad del traje, el peinado y la pose que había adquirido. Todo contribuía.

–Mi tío ha muerto. ¿Por qué crees que iba a estar aquí si no? –respondió él con el mismo tono crudo.

Algo cruzó por la mirada de Christine.

–¿Quieres ver su testamento? ¿Es eso?

No cabía duda de la nota desafiante de su tono de voz.

Una luz cínica iluminó los oscuros ojos de Anatole.

–¿Para qué? Te lo habrá dejado todo a ti –hizo una pausa. Una pausa letal–. ¿No es esa la razón por la que te casaste con él?

Era una pregunta retórica de la que ya conocía la respuesta.

Ella palideció un poco más, pero no se movió.

–Dejó cosas específicas para ti. Te las enviaré en cuanto se abra el testamento –hizo una breve pausa antes de seguir y alzó la barbilla desafiante–. ¿Para qué has venido, Anatole? Si querías que el funeral se celebrara en Atenas, lo siento. Vasilis dejó muy claro que no. Deseaba ser enterrado aquí. Era amigo del vicario,

compartían su admiración común por Esquilo, y también les gustaba Píndaro...

Se detuvo. ¿Para qué le estaba hablando a Anatole de poetas y autores trágicos griegos?

Él la miraba de forma extraña, como si le hubiera sorprendido lo que había dicho. No estaba muy segura de por qué. ¿Le extrañaría que su tío hubiera disfrutado hablando de literatura clásica griega con otro erudito?

Aspiró con fuerza el aire y volvió al asunto que tenían entre manos. Sentía la tensión en los hombros.

–Por favor, espero que no estés pensando en... en desenterrar su ataúd y llevarlo a Grecia. A él no le hubiera gustado.

Anatole sacudió la cabeza como si aquel pensamiento no se le hubiera pasado por la mente al ver la farsa que estaba teniendo lugar en el cementerio: Tia llorando al lado de la tumba del hombre al que había empujado a cometer el mayor acto de locura, casarse con ella, una mujer treinta años menor.

–Entonces, ¿qué haces aquí?

Volvió a hacerle la misma pregunta, y Anatole tuvo que planteársela. ¿Qué estaba haciendo allí? Ponerlo en palabras resultaba imposible. Había sido un instinto abrumador, una decisión automática que ni siquiera tomó de manera consciente.

–Estoy aquí para presentar mis respetos –se escuchó contestar.

Vio cómo a ella se le cambiaba la cara, como si acabara de decir algo completamente increíble.

–Bueno, a mí no creo –murmuró con cierto desprecio.

Pero Anatole se dio cuenta de que no iba dirigido a él. Frunció el ceño y se centró en su rostro.

Sintió cómo se le tensaban los músculos. Dios, qué bella estaba. La belleza natural que le había cautivado e inspirado a meterla en su vida había madurado para convertirse en algo más profundo todavía. En una belleza que tenía un componente inquietante. Una tristeza...

¿Se sentiría triste por la muerte de su tío? ¿Sería eso posible?

No, sin duda solo podría haber alivio de estar ahora libre, de poder disfrutar de todo el dinero que le había dejado.

–Sé perfectamente lo que piensas de mí, así que no seas hipócrita conmigo. Dime por qué estás aquí –vio cómo echaba los hombros hacia atrás–. Si es para insultarme por haberme atrevido a hacer lo que hice, entonces puedes irte por donde has venido. No tengo que darte cuentas de nada... ni tú a mí tampoco, como tuviste ocasión de señalarme.

Christine aspiró con fuerza el aire.

–Llevamos vidas separadas... tú te aseguraste de eso. Y yo lo acepté. No me diste opción. No tenía ningún derecho sobre ti, y desde luego tú tampoco lo tienes sobre mí ahora ni tampoco nada que decir sobre mis decisiones. O sobre las que tomó tu tío. Se casó conmigo por propia voluntad. Y si no te gusta... tendrás que superarlo.

Si le hubieran salido serpientes del pelo como a la Medusa, Anatole no se hubiera quedado más impactado. Aquella arpía agresiva no era la Tia que él recordaba. Ahora le miraba con ojos duros y furiosos.

Tia vio el impacto en su rostro y supo que podría haberse echado a reír, pero no tenía ganas. Sentía que el corazón le latía a toda prisa, y no solo porque acababa de enterrar a Vasilis.

Tener delante en ese momento al único hombre del

mundo al que temía volver a ver le resultaba insoportable. El hombre que una vez fue tan querido para ella.

Alzó la mano como si quisiera atajarle.

–No sé qué haces aquí y no me importa... no tenemos nada más que decirnos el uno al otro. ¡Nada!
–Christine cerró los ojos y volvió a abrirlos con un pesado suspiro–. Sé que te duele la muerte de tu tío. Os
queríais. Él no buscó esta brecha entre vosotros...

Sintió que se le volvía a cerrar la garganta y no pudo
seguir. Solo quería que se fuera.

–¿Qué vas a hacer con esta casa? –la voz de Anatole
le cortó los pensamientos–. Supongo que la venderás y
disfrutarás de tu herencia adquirida con malas artes.

Christine tragó saliva. ¿Por qué le hacía daño que
Anatole le hablara así? Ya sabía lo que pensaba de su
matrimonio con Vasilis.

–No tengo ninguna intención de vender –respondió
con frialdad, protegiéndose tras aquel tono de voz–. Esta
es mi casa y guarda muchos buenos recuerdos.

Algo cambió en la mirada de Anatole.

–Tendrías que llevar una vida respetable en esta casa
de campo de la campiña inglesa –había un tono de advertencia en su voz.

–Me esforzaré para que así sea –Christine no se mo-
lestó en disimular el sarcasmo. Anatole estaba dando
por hecho cosas respecto a ella. Como antes.

Sintió una dolorosa punzada, pero la ignoró.

Algo volvió a cruzar por la mirada de Anatole.

–Eres una mujer joven, Tia. Y ahora que cuentas con
toda la riqueza de mi tío podrás elegir entre muchos
hombres –murmuró–. Y esta vez no tienen que ser
treinta años mayores que tú. Puedes buscarte a alguien
joven y guapo aunque no tenga dinero.

El tono de Anatole se hizo todavía más duro.

–Preferiría que fueras a algún resort de lujo donde puedas estar de fiesta toda la noche y mantener tu apellido de casada alejado de la prensa amarilla.

Christine sintió que se le endurecía la expresión. ¿Hasta dónde iba a seguir insultándola aquel hombre?

–Estoy de luto, Anatole. No creo que vaya de fiesta a buscar gigolós –aspiró con fuerza el aire y se giró para abrir la doble puerta–. Y ahora vete, por favor. No tenemos nada más que decirnos.

Christine esperó a que avanzara hacia el amplio vestíbulo de parqué. No había ni rastro de la señora Hughes, y se alegró. No tenía claro cuánto sabía el ama de llaves ni nadie sobre el clan Kyrgiakis siempre y cuando todo se mantuviera a un nivel civilizado en la superficie.

Anatole solo era el sobrino de su fallecido esposo, y había ido a presentar sus respetos. No había motivo para que la señora Hughes pensara otra cosa.

Anatole pasó por delante de ella con pasos largos y Christine captó el tenue aroma de su loción para después del afeitado. Le resultaba familiar. Muy familiar.

Los recuerdos la atravesaron y sintió cómo el cuerpo se le agitaba por la emoción. Durante un segundo tuvo el abrumador impulso de agarrarle la mano, lanzarse a sus brazos y echarse a llorar. Sentir sus brazos rodeándola, sentir cómo la sostenía, su pecho fuerte, su cercanía, su protección. Llorar su dolor por la pérdida de su tío... y por mucho más.

Pero Anatole estaba muy lejos, separado de ella por miles de kilómetros, por millones. Separado de ella por lo que Christine había hecho, por lo que él pensaba que había hecho. No quedaba nada que los uniera ya. Ni ahora ni nunca.

Aquella era la última vez que pondría los ojos en él. Así debía ser, porque no podría soportar volver a verle.

Sintió un dolor desgarrador al pensar aquello, un dolor por todo lo que había pasado, por lo que no llegó a pasar...

Anatole no la miró cuando pasó por delante de ella y se dirigió a la puerta de entrada. Tenía una expresión cerrada. Christine ya le había visto así antes, aquel terrible y último día en Atenas. Y no hubiera querido que volviera a mirarle así jamás.

Un grito silencioso se abrió paso en su corazón.

Y entonces, desde la parte de arriba de la escalera que llevaba del vestíbulo a la planta superior de la casa, llegó otro grito. Esa vez audible.

–*Mumma*!

Anatole se quedó paralizado. No se podía creer lo que había escuchado. Se quedó congelado con la mano en el picaporte de la puerta que le sacaría de aquella casa con el corazón cargado de negrura.

Se giró muy despacio. Vio como a cámara lenta a una mujer de mediana edad con uniforme de niñera bajando por las escaleras y llevando de la mano a un niño pequeño para evitar que saliera corriendo. Los vio llegar hasta abajo y el pequeño cruzó el vestíbulo para llegar hasta Tia. La vio abrazarlo.

–Hola, pequeño. ¿Te has portado bien con Ruth?

La voz de Tia sonaba cálida y afectuosa, y hubo algo en ella que le provocó una punzada de dolor en el pecho a Anatole.

–¡Sí! –exclamó el niño–. Hemos pintado. Ven a verlo.

–Enseguida voy, cariño.

Anatole escuchó su respuesta con el mismo tono cálido. Una calidez que recordaba muy bien de un pasado lejano y que le provocó otro escalofrío.

El niño se dio cuenta de que había alguien en la puerta de la casa.

–Hola –dijo con su vocecita mirando fijamente a Anatole. Claramente interesado. Esperando una respuesta.

Pero Anatole no fue capaz de decir nada. Solo pudo seguir allí de pie, paralizado al caer en la cuenta de lo que pasaba.

Zeos. Tia tenía un hijo.

Apartó la mirada del niño de ojos negros y cabello oscuro para mirar a su madre. Seguía impactado.

–No sabía... –se le quebró la voz.

Le dio la impresión de que Tia apretaba con más fuerza la mano del niño. Vio cómo su rostro adquiría una expresión reservada, en el polo opuesto de la calidez de un instante atrás, cuando estaba abrazando a su hijo.

–Nicky, este es tu...

Se detuvo. Durante un instante a Anatole le pareció que se le había paralizado el rostro.

Fue él quien llenó el vacío. Adivinó cuál era su relación con el pequeño.

–Tu primo –dijo.

Nicky le miró con todavía más interés.

–¿Has venido a jugar conmigo? –le preguntó.

La niñera y su madre intervinieron.

–Nicky, no todos los que vienen a casa es para jugar contigo –dijo la niñera con cariño.

–No, pequeño. Tu... tu primo ha venido por el pobre *pappou*.

Christine lamentó al instante haber hablado. Pero no estaba en condiciones de pensar con claridad. Estaba tirando de las pocas reservas de fuerza que le quedaban para permanecer ahí y lidiar con aquella situación de pesadilla que no podía detener. No podía hacer nada

más que quedarse allí hasta que Anatole cerrara la puerta y se marchara por fin de allí.

−*Pappou*?

Aquella única palabra que salió de labios de Anatole era como una bala. Una bala que la atravesó por completo. Christine estaba asombrada por lo que había dicho.

«Abuelo».

Se quedó mirando fijamente a Anatole. Tenía que explicarse, darle sentido a lo que acababa de decir... a lo que había llamado a Vasilis.

Pero se libró de hacerlo. Al escuchar sus palabras Nicky torció el gesto y se dio cuenta de que había cometido un error todavía peor que decir aquello delante de Anatole.

−¿Dónde está? ¡Quiero que venga! ¡Quiero que venga *pappou*!

Christine se puso de rodillas a su lado y lo abrazó mientras sollozaba para darle todo el consuelo que podía, recordándole que *pappou* estaba muy enfermo y ahora estaba en el Cielo y se encontraba otra vez bien.

Y de pronto había alguien cerniéndose a su lado. Alguien que puso una mano sobre el hombro de Nicky.

Anatole habló con una mezcla de dulzura y amabilidad, completamente distinta de cualquier tono que le hubiera escuchado hasta el momento en aquel encuentro de pesadilla.

−¿Has dicho que estabas pintando con Ruth?

Christine sintió que Nicky se giraba entre sus brazos para mirar al hombre que ahora se había arrodillado a su lado. Vio cómo su hijo asentía con la cara llena de lagrimones.

−Bueno, ¿y por qué no le haces un dibujo especial a *pappou*? −le animó Anatole con el mismo tono−.

Cuando yo era pequeño le hice un dibujo a... a *pappou*. Pinté un tren. Un tren rojo con ruedas azules. Tú también podrías pintarle uno si quieres y así tendrá uno de cada uno. ¿Qué te parece?

Christine vio cómo su hijo miraba a Anatole y sintió un nudo en la garganta.

—¿Mi tren puede ser azul? —preguntó Nicky.

Anatole asintió.

—Por supuesto que sí. Puede ser azul con ruedas rojas.

A Nicky se le iluminó la cara. Había dejado de llorar. Miró hacia la niñera, que esperaba allí de pie dispuesta a intervenir cuando hiciera falta. Como ahora.

—¡Qué idea tan estupenda! —afirmó con entusiasmo—. ¿Vamos a hacerlo ahora?

Le tendió la mano y Nicky se separó de su madre y se acercó a tomarle la mano a su niñera. Se volvió de nuevo hacia Christine.

—Ruth y yo vamos a hacer un dibujo para *pappou* —la informó.

Christine esbozó una sonrisa.

—Me parece una gran idea, cariño —le dijo.

—¿Me lo enseñas cuando acabes?

Fue Anatole quien le preguntó aquello. Se había incorporado y miraba hacia el pequeño.

Nicky asintió y luego tiró de la mano de su niñera. Los dos volvieron a subir por las escaleras, el niño iba hablando animadamente.

Christine los vio marcharse. El corazón le latía con fuerza dentro del pecho, y se sintió algo débil cuando se incorporó.

¿Se había tambaleado? No lo sabía. Solo sabía que una mano le había sujetado el antebrazo y la sostenía. Una mano que parecía un grillete.

Se zafó de la mano de Anatole y dio un paso atrás.
No le gustaba tenerlo tan cerca. Ni tan cerca de Nicky...

Cuando él habló lo hizo en voz baja para que no le
oyera la niñera, pero tenía un tono vehemente.

–No tenía ni idea... ni la más remota.

Christine tembló pero habló con voz fría.

–¿Por qué ibas a tenerla? Si Vasilis decidió no contártelo, mucho menos lo iba a hacer yo.

Los oscuros ojos de Anatole se clavaron en los suyos. Christine sintió que volvía a marearse. Aquellos
ojos tan oscuros...

Tan parecidos a los de Nicky.

No. No debía pensar así. Vasilis también tenía los ojos
oscuros, como muchos griegos. Y el marrón dominaba
genéticamente sobre los ojos azules. Por supuesto que
Nicky tendría los ojos oscuros de la familia de su padre.

–¿Por qué el niño llama a mi tío *pappou*? –era una
pregunta suave que exigía respuesta.

Christine aspiró con fuerza el aire.

–Vasilis pensó que era más... oportuno –dijo. Y cerró la boca. No quería hablar del tema ni ir más allá.

Pero Anatole no se conformó.

–¿Por qué? –insistió.

Ella se frotó la frente. Sentía un gran cansancio apo-
derándose de ella tras la tensión de los últimos meses:
los últimos momentos de la enfermedad de Vasilis, la
tristeza de las dos últimas semanas tras su muerte, y
ahora, el día del entierro de su marido, la aparición de
pesadilla del hombre que había provocado su matrimonio con Vasilis.

–Vasilis sabía que estaba mal del corazón. Que se le
pararía cuando Nicky fuera todavía pequeño. Así que
dijo... –le tembló la voz y volvió a aspirar con fuerza el
aire. No quería mirar a Anatole, pero sabía que debía

decir aquello– que sería... mejor para Nicky crecer lla-mándole abuelo.

Tuvo que hacer un esfuerzo para evitar que le tem-blaran los labios y se le llenaran los ojos de lágrimas.

–Dijo que Nicky no le echaría tanto de menos cuando llegara el momento, se sentiría menos despojado que si pensara en él como su padre.

Anatole guardó silencio, pero le pesaban mucho los pensamientos. Se sentía atrapado por la emoción. El recuerdo atajó su mente y escuchó su propia voz di-ciéndole a Tia: «No tengo intención de ser padre, así que no pienses que puedes forzar la mano».

Christine le miró con expresión velada.

–Teniendo en cuenta lo que ha pasado, Vasilis tomó la decisión correcta –dijo en voz baja–. Nicky solo ten-drá vagos recuerdos de él cuando crezca, pero serán muy buenos, y yo siempre honraré ante él la memoria de Vasilis.

Tragó saliva y luego dijo lo que debía decir.

–Gracias por sugerir que le haga un dibujo. Ha sido una idea muy buena.

–Recuerdo perfectamente el dibujo que le pinté a mi tío. Había venido de visita y yo estaba emocionado. Siempre me traía un regalo y me prestaba atención, pasaba tiempo conmigo. Más tarde supe que había ido a hablar con mi padre, a decirle que debía cambiar de vida por mi bien –torció el gesto–. Fue un viaje en balde. Mi padre fue incapaz de cambiar.

Frunció el ceño, como si hubiera hablado dema-siado. Aspiró con fuerza el aire y sacudió la cabeza como si quisiera librarse de aquellos recuerdos.

Luego clavó los ojos en Tia.

–Tenemos que hablar –le dijo.

Capítulo 5

CHRISTINE estaba sentada en el sofá, paralizada por la tensión, mientras la señora Hughes dejaba una bandeja con café en la mesita de al lado. Tenía la boca seca y necesitaba una dosis de cafeína, cualquier cosa que la ayudara a recuperar los niveles de energía perdida.

Un recuerdo le atravesó la mente como un puñal:

«Mataría por una taza de café».

Era lo que Anatole había dicho la tarde que la recogió en la calle, cuando ella cayó frente a su coche, y luego la llevó a su apartamento. ¿Lo estaría recordando él también? Imposible saberlo. Tenía la expresión cerrada.

—Eres consciente de que esto lo cambia todo, ¿verdad? El hecho de que Vasilis tenga un hijo.

Ella se lo quedó mirando.

—¿Por qué? —preguntó.

Anatole levantó la taza de café con gesto impaciente.

—No seas obtusa —le dijo—. Es decir, que no seas torpe...

—Sé lo que significa obtusa —le espetó ella.

Anatole hizo una pausa. No dijo nada, pero Christine se dio cuenta de que el tono áspero le había pillado por sorpresa. No estaba acostumbrado a que le hablara así, a sentir su hostilidad.

Anatole apuró el café y volvió a dejar la taza en la bandeja. Estaba sentado en el otro extremo del sofá, demasiado cerca para ella.

—No voy a castigar a Nicky por lo que tú hiciste —dijo con voz serena, pero con una frialdad que le provocó a Christine un escalofrío en la espina dorsal—. No le condenaré al exilio de su familia por ti. Necesita una familia.

La taza de Christine tembló un poco cuando la dejó en el plato.

—Ya tiene una. Yo soy su familia.

—¡Y yo también! —Anatole hizo un gesto de firmeza con la mano—. El niño no debe pagar por lo que tú hayas hecho, Tia. Quiero...

Christine sintió como un crujido en su interior.

—Lo que tú quieras es irrelevante, Anatole. Yo soy la madre de Nicky. Su única tutora legal. Yo. Así que ni tú ni nadie más en el mundo tiene absolutamente nada que decir respecto a su educación, su vida privada ni ningún otro aspecto de su vida. ¿Me has entendido?

Anatole la miró como si fuera de otro planeta. Y luego le respondió con tirantez:

—Entiendo que has pasado por mucho estrés. Que has tenido que enfrentarte con la enfermedad de Vasilis y con su muerte, y luego con el funeral de hoy.

Se puso de pie.

Qué alto parecía frente a ella, que seguía sentada con las piernas de pronto demasiado débiles para soportar su peso.

Anatole la miró con gesto adusto.

—Ha sido un día difícil —dijo con voz tirante—. Me marcho para dejar que te recuperes, pero...

Hizo una pausa y luego continuó sin apartar ni un instante los ojos de ella.

–Pero esto no acaba aquí. Debes entenderlo, Tia. Y aceptarlo.

Ella se incorporó.

–Y tú, Anatole, debes aceptar que no tienes nada que ver con mi hijo. *Mi* hijo.

El énfasis quedaba claro. Christine alzó la barbilla desafiante y dijo las palabras que le quemaban como brasas.

–No quiero que vuelvas por aquí. Dejaste muy clara la opinión que tienes sobre mí. No te quiero cerca de mi hijo. Ya tiene bastante con tener que lidiar con la pérdida de Vasilis sin necesidad de enfrentarse también al odio que sientes por mí. No permitiré que le envenenes los oídos con tu opinión.

Aspiró con fuerza el aire. Los ojos le brillaban como espadas.

–Mantente alejado, Anatole.

Se dirigió a las puertas de la salita y las abrió. El corazón le latía con fuerza dentro del pecho. Quería que Anatole se fuera de su casa en aquel momento.

Anatole pasó por delante de ella sin decir una palabra. Parecía que lo había conseguido. Gracias a Dios.

Pero al llegar a la puerta, él se dio la vuelta, hizo una pausa y luego dijo:

–Tia...

–Ese ya no es mi nombre –afirmó ella con tono amargo y expresión neutra–. Dejé de llamarme Tia hace mucho tiempo. Vasilis siempre me llamaba Christine, mi nombre de pila, sin ningún diminutivo. Soy Christine, y siempre lo seré.

Se le quebró la voz y el dolor amenazó con apoderarse de ella. Pero el dolor no era su mayor amenaza. Su mayor amenaza era aquel hombre.

Se clavó las uñas en la palma de la mano y se dio la

vuelta, dejándole para que se fuera solo. Se dirigió con pasos largos al salón y cerró la puerta tras de sí, apoyándose en ella. Sentía como si tuviera un alambre en la garganta.

«No volveré a ser Tia nunca más. No puedo serlo».

Anatole condujo por la autopista de regreso a Londres. Sobrepasaba el límite de velocidad, pero no le importaba. Necesitaba estar lo más lejos posible de Tia.

«Christine».

Así se hacía llamar ahora, según le había dicho. Así la llamaba su tío. Anatole entrecerró los ojos. No quería pensar en su tío llamándola Tia... ni Christine. Nada. No le gustaba pensar que tenían una relación.

Que habían tenido un hijo juntos.

Se le nubló la mente. No, no podía pensar en aquello, en que Tia hubiera concebido un hijo con su tío, el soltero erudito que no había tenido una relación amorosa en toda su vida.

No se imaginaba qué cebo le habría lanzado Tia.

Cambió de expresión. Aquella no era la manera buena de verlo. No podía haberse tratado de ningún cebo. Vasilis habría sido inmune a algo tan obvio.

Seguramente, Tia jugó la carta de la dama vulnerable y frágil, abandonada por Anatole.

Su mente dio otro giro. Seguía sin querer pensar en ello. No quería recordar aquel día de cinco largos años atrás.

Pero el recuerdo llegó de todas formas.

–Creo... creo que estoy embarazada.

Aquellas palabras cayeron en el espacio entre ellos.

Anatole sintió cómo se paralizaba y se escuchó responder:

—¿Lo estás o no lo estás?

Aquello fue lo que le hizo. Una pregunta muy sencilla. Y vio cómo Tia palidecía.

—No estoy segura —susurró con expresión angustiada—. Se me ha retrasado el periodo.

—¿Cuánto? —una vez más, una pregunta muy sencilla.

—Creo... creo que una semana. No estoy segura. Podría ser un poco más.

Anatole trató de recordar cuándo estuvo con la regla, pero no fue capaz. De todos modos daba lo mismo. Solo había una cosa importante en aquel momento.

Sintió que la voz le llegaba de un lugar muy lejano, muy lejos de donde Tia estaba sentada mirándole con una expresión que no le había visto nunca. Y no le gustaba verla ahora.

—Será mejor que te hagas la prueba —las palabras le surgieron frías, carentes de toda emoción—. Con suerte es una falsa alarma.

Y si no había suerte...

La mente de Anatole se protegió. No quería pensar en la alternativa. Se recompuso y la miró con los ojos entornados. Tia tenía una expresión angustiada, pero había algo más.

Le estaba ocultando algo.

Su instinto se lo decía. Le estaba escondiendo algo, algo que no quería que Anatole viera. Pero lo estaba viendo. Vaya que sí.

«No le he dado la respuesta correcta, la respuesta que quería escuchar. La he pillado al no dársela, y ahora no sabe cómo reaccionar».

Anatole sabía cuál era la reacción que Tia esperaba. Era obvio. Se suponía que tenía que haber actuado de

otra forma. Se suponía que tenía que haberse mostrado encantado, estrecharla entre sus brazos y decirle que era lo más importante del universo para él porque estaba esperando un hijo suyo. Se suponía que debía decirle que le había hecho el mayor regalo con el que habría podido soñar.

Y, por supuesto, luego tenía que hincar una rodilla en el suelo, tomarle la mano entre las suyas y pedirle que se casara con él.

Porque eso era lo que querían todas las mujeres, ¿verdad? Todas las mujeres que pasaban por su vida. Querían que se casara con ellas.

Y estaba cansado de ello. Aburrido y desesperado.

Todas querían convertirse en la señora Kyrgiakis. Como si no hubiera ya tres, la actual esposa de su padre y sus dos ex.

Así que no, ya había bastantes señoras Kyrgiakis en el mundo. No quería que hubiera ninguna más.

Y menos otra que consiguiera el apellido solo porque estaba embarazada, como había hecho su madre, convirtiéndose en la segunda señora Kyrgiakis y teniendo la excusa perfecta para dejar a su primer marido y agarrar un segundo. Aunque tampoco quiso estar con su padre mucho tiempo, ni él con ella. Los dos se aburrieron y tomaron amantes, y luego otro cónyuge cada uno. Creando otra señora Kyrgiakis.

Así que el circo había continuado.

Pero Anatole no estaba dispuesto a perpetuarlo.

Posó la mirada en Tia con expresión velada. Ella estaba pálida y parecía nerviosa. Anatole estiró la mano como si quisiera acariciarle la mejilla, pero la retiró al instante. ¿Qué consuelo podría darle? No quería casarse con ella, y eso seguramente no le proporcionaría ningún consuelo.

—¿Lo has hecho adrede?

Las palabras salieron de su boca antes de que pudiera evitarlo. La escuchó contener el aliento, vio cómo palidecía todavía más. Como si la hubiera abofeteado.

Pero Anatole no podía volver atrás, no podía borrar la pregunta que acababa de hacerle.

—¿Y bien? —insistió.

Seguía con la mirada clavada en ella y sin expresión porque no quería demostrar sus sentimientos. Necesitaba contenerlos.

Vio cómo Tia tragaba saliva y sacudía la cabeza.

—Bueno, eso ya es algo —murmuró Anatole—. ¿Y cómo ha sucedido esto? ¿Cómo es posible que quepa siquiera la posibilidad?

Tia llevaba ya meses tomando la píldora. Entonces, ¿qué había pasado?

Ella bajó la vista.

—Fue cuando fuimos a San Francisco. El cambio horario me confundió.

Anatole dejó escapar un suspiro.

—Bueno, espero que las cosas no se hayan estropeado del todo.

La expresión de Tia cambió. La ansiedad seguía siendo visible, pero reflejaba otra emoción a la que Anatole no supo ponerle nombre.

—¿Esto lo estropearía todo? —preguntó ella con un hilo de voz buscándole la mirada con la suya.

Anatole se dio la vuelta. Agarró el maletín. Iba a ser un día largo y difícil. Tenía la junta anual, iba a volver a ver a sus padres, a ver cómo se ignoraban ostensiblemente el uno al otro e impostaban demostraciones de afecto hacia sus actuales parejas.

No era de extrañar que él no quisiera casarse, no quería verse obligado a contraer matrimonio con una

mujer dispuesta a hacer cualquier cosa con tal de conseguirlo. Incluido quedarse embarazada.

No pensaba que Tia fuera así. Pensaba que lo que había entre ellos le bastaba, igual que le bastaba a él. Creía que sentía aprecio por él como Anatole lo sentía por ella, pero nadie había hablado de amor ni de matrimonio. Y mucho menos de bebés.

Pero al parecer se había equivocado.

No respondió a la pregunta de Tia. No podía. Se limitó a consultar el reloj. Llegaba tarde.

—Encargaré que te traigan una prueba de embarazo —dijo sin mirarla mientras se dirigía a la puerta y se iba.

Sintió un nudo en la garganta durante todo el día. A lo largo de la agotadora reunión en la que sus padres se comportaron tal como pensaba, presionando constantemente para pedir más beneficios. Y tras la reunión llegó la también agotadora comida que duró toda la tarde.

—Pareces distraído, Anatole. ¿Va todo bien? —le preguntó su tío Vasilis cuando por fin pudo hablar con él a solas en el momento de la despedida—. Cuando un joven está distraído suele ser por una mujer —hizo una breve pausa—. Me encantaría que te enamoraras y te casaras. Que tuvieras un matrimonio feliz. Sí, ya sé que eres escéptico al respecto y entiendo perfectamente por qué. Pero no juzgues al mundo entero por tus padres. Creen que se van enamorando constantemente, pero solo son sus objetos de deseo. Han convertido su vida en un caos y no se preocupan de nadie más que de ellos. Y eso te incluye a ti —concluyó sin apartar los ojos de él.

Anatole apretó los labios. Habían convertido su vida en un caos... ¿era eso lo que le iba a pasar a él? ¿Se habría hecho Tia la prueba ya?

—¿Anatole?

La voz de su tío le atravesó los pensamientos, pero no podía aguantar un interrogatorio en aquel momento, así que esbozó una sonrisa y le preguntó a Vasilis sobre su último proyecto filantrópico. Cuando se despidieron al cabo de un rato, su tío le dijo que le apetecía mucho comer al día siguiente con él. Anatole lamentó haber hecho aquella invitación.

Cuando por fin puso rumbo al apartamento, el corazón empezó a latirle con fuerza. No podía seguir aguardando, esperaba que Tia tuviera ya los resultados de la prueba.

Pero cuando llegó era ya de noche y Tia estaba dormida. No quiso despertarla. No se veía ni rastro de la prueba de embarazo, y no tenía intención de buscar por el baño para ver el resultado, para saber cuál sería su futuro...

Se quedó mirándola con un nudo en la garganta. Parecía muy pequeña en aquella cama tan grande. En la superficie de su mente surgieron varias emociones, unas emociones que nunca había sentido antes. Cosas que nunca había pensado.

¿Estaría Tia esperando un hijo suyo? ¿Crecería en el interior de su cuerpo? Aquellos sentimientos eran como corrientes de electricidad estática que no podían fluir. Encontraban resistencia en las fibras nerviosas de su cerebro.

Pero podía sentir el impulso de dejarlo fluir, conectar, permitir que se apoderara de él... así que estuvo a punto de quitarse la ropa y tumbarse con ella, estrecharla entre sus brazos, no hacerle el amor, pero sí abrazarla y deslizar la mano por el abdomen donde en aquel momento su hijo podría estar agarrándose a la vida.

Anatole se apartó. No podía permitirse sucumbir.

Tenía que hacer lo que estaba haciendo ahora: alejarse, irse a otra habitación, dormir allí aquella noche.

Durmió mal, tuvo pesadillas. Y cuando se despertó a la mañana siguiente vio a Tia en el umbral de la puerta, su silueta recortada bajo el camisón por el sol de la mañana.

—No estoy embarazada —le dijo—. Me acaba de venir el periodo —no había emoción alguna en su voz ni en su rostro.

Entonces se dio la vuelta y se marchó.

Anatole se quedó quieto mirando al techo. Todo era muy raro. La noticia tendría que haberle aliviado. Tendría que haber arreglado las cosas entre ellos.

Y, sin embargo, había terminado con todo.

Capítulo 6

CHRISTINE estaba sentada en el escritorio del despacho de Vasilis. Todavía podía sentir su presencia allí, el lugar en el que había pasado tanto tiempo, y encontraba consuelo en ello.

Las semanas posteriores a su muerte se habían convertido en meses. Meses lentos y dolorosos en los que tuvo que acostumbrarse a aquella casa vacía sin su presencia. Había sido difícil para ella y también para Nicky. Al pequeño le había costado hacerse a la idea de la pérdida de su querido *pappou*.

«*Pappou*». La palabra se le clavó a Christine en la cabeza, y volvió a escuchar el impacto en el tono de Anatole. Su mente se cerró automáticamente para rechazar el recuerdo de aquel encuentro de pesadilla con el hombre que la había rechazado. Que no la había querido como ella. Quien pensaba que no era más que una cazafortunas que se había casado con su tío por el dinero.

Sintió el dolor atravesándola al pensar en la opinión que tenía Anatole de ella. Lo mucho que parecía odiarla ahora.

Había hecho bien en echarle. Cualquier otra opción habría resultado insoportable. Impensable. Pero aunque estuviera convencida de aquello, también sintió otra emoción. Poderosa y dolorosa. Nicky había hecho el dibujo del tren para su *pappou* y quería saber cuándo iba a ir su «primo mayor» a verlo.

Christine le había respondido con evasivas. Que vivía en Grecia, la tierra natal de *pappou*, y estaba muy ocupado. Transcurrido un tiempo, Nicky dejó de preguntar, pero ella se sentía culpable. Su hijo estaba pasando por mucho en aquellos momentos. Y así sería para siempre. Crecería sin Vasilis en su vida, sin el hombre al que consideraba su abuelo.

Y crecería sin padre...

Trató de no pensar en ello. ¿Qué sentido tendría? Ninguno. Aspiró con fuerza el aire y puso la atención en lo que necesitaba hacer en aquel momento.

Por fin había terminado el asunto de la herencia. Una tarea ardua, teniendo en cuenta que los bienes de Vasilis eran muchos y su testamento, complejo porque implicaba la creación de un fondo familiar y de una fundación filantrópica que siguiera adelante con su trabajo.

Lo que le preocupaba ahora era esto último. Al final de aquella semana iba a tener que ejercer por primera vez como viuda de Vasilis, representándole en la inauguración de una exposición de arte griego y antigüedades en un prestigioso museo de Londres. Aunque siempre le había acompañado a los eventos que patrocinaba, aquella era la primera vez que estaría sola. Era una perspectiva abrumadora, pero estaba decidida a hacerlo lo mejor posible. Se lo debía a Vasilis.

Ahora estaba leyendo las cartas y las notas que le había enviado el comisario de la exposición para estar segura de que sabía todo lo que hacía falta. Debía hacerlo por Vasilis, el hombre que le había salvado la vida en el momento que más lo necesitaba.

Anatole estaba en una reunión de negocios, pero no tenía la cabeza en el lío de inversiones, beneficios y

tasas de los que se estaba hablando. Estaba centrado en la solicitud que había recibido aquella mañana de los abogados de su tío en Londres. Querían que se pusiera en contacto con ellos porque al parecer ya estaba preparado el testamento.

Anatole apretó los labios. Ahora sabría lo rica que iba a ser la joven viuda de Vasilis. Volvió a sentir aquella antigua y familiar punzada. Era rabia. ¡Por supuesto que era rabia! Por la certeza de que Tia le había abandonado para atrapar a su tío. Solo era rabia.

¿No debería dejar las cosas como estaban? No podría cambiar el testamento de su tío. Si la viuda se quedaba con todo, ¿qué más le daba? Pero... el problema estaba en que no se trataba solo de Tia. Ni de él. Había alguien más en quien pensar.

El hijo de Vasilis. Nicky. El niño del que Anatole no sabía nada, nunca se imaginó que existiera.

Aquella imagen volvió a irrumpir en su cabeza: él inclinándose para ofrecer consuelo a aquel niño que tenía el corazón roto. Se sintió otra vez atravesado por la emoción, pero una nueva, distinta al abandono de la mujer a la que había hecho el amor y acogido en su vida. Era un desgarro que surgía de los sollozos de un niño triste.

Cruzó su despacho pensativo. ¿De dónde surgía aquella emoción? Nunca pensaba en los niños, los consideraba algo completamente ajeno a él. ¿Qué instinto le había llevado a consolar a aquel pequeño? Seguramente porque era hijo de Vasilis y no tenía a nadie que cuidara de él ahora, solo una madre que se había casado con su padre para asegurarse un estilo de vida al que no podría aspirar.

Se le endureció la expresión. Le había dicho a Tia que la existencia de Nicky lo cambiaba todo, pero ella

le había echado de su casa, impidiéndole que tuviera ningún contacto con el niño. A Anatole se le oscureció la mirada. Bien, pues aquello no iba a pasar. Alguien tenía que cuidar del hijo de Vasilis.

Sonó el teléfono del escritorio, indicándole que la llamada con Londres ya estaba preparada. Descolgó con gesto adusto, decidido a hacer lo que fuera necesario para asegurarse de que su vulnerable y joven primo no quedara a merced de su despreciable madre.

Pero, cuando colgó el teléfono diez minutos más tarde, tenía una expresión completamente distinta. Llamó a su secretaria.

—Resérvame una plaza en el siguiente vuelo a Londres.

Christine se reclinó en el asiento del coche que la llevaba a Londres. Estaba nerviosa, y no solo por la inauguración, sino porque también era la primera vez que iba a ir a Londres desde que Vasilis murió, y aquella ciudad encerraba recuerdos que no tenían que ver con su marido.

Pero no, no debía pensar en cómo había conocido a Anatole, cómo se había enamorado hasta las trancas de aquel hombre que ante sus ojos era como un príncipe azul.

Pero al final no había sido ningún príncipe. Era una persona normal y corriente por muy rico que fuera, y además no quería que ella formara parte de su vida. Ni tampoco ser padre...

Quien sí quiso fue Vasilis. Él sí quería a aquel niño que tantas alegrías le había dado.

Christine hizo un esfuerzo por tratar de concentrarse en el evento de aquella noche durante el resto del viaje.

Más tarde, cuando llegó el momento, sintió un nudo en la garganta cuando la presentaron como la señora de Vasilis Kyrgiakis. Aspiró con fuerza el aire y empezó a leer su corto discurso, en el que expresaba su agradecimiento al museo por la exposición y concluía asegurando que el trabajo de su marido continuaría gracias a la existencia de una fundación creada a tal efecto.

Cuando terminó le cedió el turno al comisario y se bajó del estrado. Cuando concluyó la inauguración formal se dispuso a hablar con los invitados.

Todo el mundo iba vestido con traje de gala, y aunque ella estaba de luto e iba vestida de negro, no rechazó la copa de champán que le ofrecieron. Lo bebió delicadamente mientras escuchaba lo que decía la mujer del director del museo y sonreía apropiadamente.

Estaba a punto de hacer un comentario cuando escuchó una voz a su espalda.

–¿No me vas a presentar?

Christine se dio la vuelta sin dar crédito a lo que veía. Pero tenía delante a Anatole vestido de esmoquin negro como el resto de los invitados. ¿Cómo era posible?

–Me parecía que era mi deber representar a la familia Kyrgiakis esta noche –afirmó con una sonrisa falsa.

Si aquello era una pulla que implicaba que ella no era de la familia, Christine no dejó que se notara su reacción. Asintió secamente con la cabeza.

–Estoy segura de que Vasilis agradecería tu presencia aquí –afirmó–. Trabajó mucho para poder presentar esta exposición. Muchos objetos han sido rescatados del conflicto de Oriente Medio, y aquí estarán a salvo hasta que puedan regresar.

Christine indicó con un gesto los objetos a los que se refería, pero Anatole no estaba mirando. Tenía los ojos clavados en ella. La mujer que tenía delante con un

vestido de seda negro de manga larga y sin escote estaba de luto, pero no era una mujer que Anatole reconociera.

Había llegado a tiempo para verla subida al estrado y no pudo creerse que se tratara de Tia... de Christine, la viuda de Vasilis. Pausada, elegante, madura... y perfectamente capaz de dirigirse a una sala llena de dignatarios e inaugurar una exposición de arqueología helenística.

No, desde luego no era la Tia nerviosa y socialmente retraída que recordaba.

–Doctor Lanchester –dijo dirigiéndose al director del museo–, permítame presentarle al sobrino de Vasilis, Anatole Kyrgiakis.

–¿Va usted a ocupar el puesto de su tío? –le preguntó el director sonriendo.

–Bueno, no podría estar tan implicado como él, pero espero ser uno de los mecenas de la fundación junto con mi... –Anatole se giró hacia Christine–. No estoy muy seguro de cuál es nuestro parentesco.

¿Se trataba de otra pulla? Christine la ignoró como había hecho con la primera.

–Dudo que haya un tratamiento formal –comentó–. Y sí, yo seré una de las mecenas de la fundación.

Apretó los labios. Y de ninguna manera permitiría que Anatole lo fuera también. La idea de tener que asistir a las reuniones de mecenas y encontrárselo allí le provocaba escalofríos.

–Entonces espero que ya sepas que Alejandro Magno no es contemporáneo de la Guerra de Independencia griega –dijo con una sonrisa, pero con un brillo oscuro en los ojos.

Si su intención había sido herirla, quedaba claro que aún le tenía mucho resentimiento. Antes, cuando ella

era Tía, la ignorante e inculta Tía que había pasado los años escolares cuidando de su madre, Anatole solo mostraba simpatía hacia ella por su falta de conocimientos. Pero ahora había querido hacerle daño, y no se lo iba a permitir.

Así que sonrió mirando a los demás en vez de a él.

—Antes de casarme con Vasilis —explicó—, sabía muy pocas cosas de historia. ¡Pero sí sé que entre el siglo IV a. C. de Alejandro Magno y la batalla de Navarino de 1827 hay un lapso importante de tiempo!

Christine tenía una expresión jovial. ¿De qué otro modo podía tratar si no con aquello?

—Creo, o al menos espero, que gracias a lo que he aprendido con Vasilis ahora puedo reconocer el estilo helenístico, al menos en los ejemplos más claros. Y hablando de eso —se giró hacia el comisario de la exposición con una sonrisa optimista—. Me pregunto si podría pedirle que me hiciera una visita guiada por la exposición.

—¡Será un placer! —aseguró el hombre.

Y para su profundo alivio se pudo marchar de allí, aunque fue completamente consciente de la presencia de Anatole por todas las salas. Rezó para no tener que volver a hablar con él. ¿Por qué se había presentado allí? ¿Qué había querido decir al afirmar que sería uno de los mecenas? ¿Cómo podría ella evitarlo?

Aunque tal vez solo lo había dicho para molestarla. Igual que el comentario sobre su antigua ignorancia. Christine sintió una punzada por dentro. ¿De verdad la odiaba tanto? Estaba claro que sí.

Pero Anatole no había querido estar con ella... y Vasilis sí. Entonces, ¿por qué despreciarla tanto por aceptar lo que su tío le había ofrecido con tanta generosidad y afecto?

La respuesta era obvia. Cinco largos años de rabia avalaban su desdén, y Anatole pensaba que había manipulado a Vasilis para que se casara con ella y así poder disfrutar del lujoso estilo de vida de los Kyrgiakis. Por ninguna otra razón.

Se sintió invadida por una enorme sensación de cansancio. Hizo un esfuerzo por dar las respuestas adecuadas al comisario con cada objeto que le mostraba mientras contaba los minutos para poder marcharse. Necesitaba escapar de allí.

Finalmente, murmuró una excusa que fue rápidamente aceptada, teniendo en cuenta que estaba de luto, y se dirigió por los pasillos vacíos hacia la entrada del museo.

–¿Ya te marchas?

La voz que escuchó a su espalda en las amplias escaleras de piedra resonó por todo el edificio.

–Sí.

–Te llevo –Anatole se acercó a ella rápidamente y trató de tomarla del brazo.

–Gracias, pero mi coche me está esperando –afirmó Christine apartándose para que no la tocara. Salió a la acera y se alegró de ver a su chófer esperando en la entrada con el coche. Se dirigió hacia él con paso firme, pero Anatole se le adelantó y le abrió la puerta. Y luego, para su consternación, entró justo después de ella.

–Le he dicho a mi chófer que se vaya. Te acompaño. ¿Dónde te alojas?

La escuchó decir entre dientes el nombre de un hotel mientras se alejaba lo más posible de él en el asiento del coche.

–Quería decirte lo mucho que me has impresionado esta noche –dijo Anatole con tono tirante, como si las

palabras no le surgieran con facilidad–. Has manejado muy bien la situación. Vasilis estaría orgulloso.

Christine giró la cabeza con los ojos abiertos de par en par. ¿Había oído bien lo que acababa de decirle Anatole, quien la consideraba lo peor de lo peor?

–Lo he hecho por él –murmuró apartando los ojos de él y mirando por la ventanilla del coche.

Podía sentir su presencia en el coche como algo tangible y amenazador ¿Cuántas ciudades habían recorrido juntos así por la noche? Muchas ciudades y muchas noches.

Pero eso fue mucho tiempo atrás, cinco años. Una vida entera. Ahora tenía otro nombre, era viuda... y era madre. Y Anatole ya no podía significar nada para ella. ¡Nada!

El coche se detuvo frente al hotel. Anatole se inclinó hacia delante para abrirle la puerta. El roce de su manga en el brazo le produjo un estremecimiento, y tuvo que hacer un esfuerzo para mantener la compostura. Se giró para darle las buenas noches, pero él salió también del coche.

–Necesito hablar contigo –dijo mirando hacia la entrada del hotel–. A solas.

La tomó del codo y la guio hacia el interior. Para no montar una escena delante del chófer y del portero del hotel, Christine se dejó llevar. Pero una vez dentro se apartó de él.

–¿Y bien? –preguntó alzando las cejas con expresión inflexible.

Anatole miró hacia el bar que había al final del vestíbulo y ella se dirigió rígida hacia una de las mesas y se sentó. El lugar estaba casi vacío y Christine se alegró. Pidió un café y Anatole también, pero con brandy.

–Me han llamado los abogados londinenses de Vasilis –dijo finalmente él cuando les llevaron las bebidas.

Christine le miró. Era dolorosamente consciente de su presencia, de su cuerpo alto y elegante, del aroma penosamente familiar de su loción para después del afeitado, de la sombra de barba incipiente a aquellas horas de la noche...

Pero atajó de cuajo aquellos pensamientos. Anatole hablaba con voz crispada. Se dio cuenta de que estaba tenso y se preguntó por qué.

—Ahora que se ha abierto la herencia me han revelado el contenido del testamento de Vasilis —las palabras le salieron como a duras penas. Entonces la miró fijamente—. ¿Por qué me dejaste creer que habías heredado toda la fortuna personal de mi tío?

Ella abrió los ojos de par en par.

—Yo no te hice creer nada, Anatole. Tú solito lo diste por hecho.

Él alzó la mano como si sus objeciones fueran irrelevantes. Como si tuviera más cosas que decir.

—Toda la fortuna de mi tío ha pasado a un fondo para su hijo. Tú solo vas a obtener unos ingresos mínimos. ¡Todo lo demás pertenece a Nicky!

Christine alzó la barbilla en un gesto desafiante.

—Yo no calificaría mis ingresos de mínimos. Son más de treinta mil libras al año —replicó—. Tal vez para ti sea poco, pero para mí es suficiente para vivir. Cuando me casé con Vasilis no tenía ni un céntimo, como tú me recordaste. Por supuesto que todo debe ir para Nicky. Además, viviré en una casa de campo victoriana y podré disfrutar de todo el dinero de Nicky con él mientras es pequeño. No me faltará de nada, no necesito más lujos. Aunque tú serás el primero en acusarme de lo contrario.

Christine vio cómo agarraba la copa de brandy y le

daba un buen sorbo antes de dejarla de nuevo sobre la mesa con gesto firme.

–No puedo acusarte de nada –Anatole aspiró con fuerza el aire y clavó los ojos en ella–. Lo que debo hacer es pedirte disculpas. Te he dicho cosas muy... muy injustas.

Christine no se había comportado como él esperaba. Y aquello lo cambiaba todo.

Era la misma frase que le había surgido cuando descubrió la existencia del hijo de Vasilis, y ahora le venía de nuevo a la mente, recordándole la segunda cosa que tenía que decirle. Lo que había ido creciendo dentro de él, alimentado por la extraña emoción que lo inundó cuando se agachó al lado del pequeño para consolarlo.

–Me gustaría volver a ver a Nicky... pronto.

Christine se puso muy seria al instante.

–Es de mi sangre –afirmó Anatole con sequedad–. Creo que debería conocerme, a pesar de... –se detuvo.

–¿A pesar de que yo sea su madre? –preguntó Christine con tono ácido.

–No he querido decir que... –Anatole frunció el ceño y volvió a callarse.

Acababa de decirle que no podía acusarla de buscar la fortuna de su marido, pero de todas maneras había persuadido a un hombre treinta años mayor para que se casara con ella y poder llevar el estilo de vida que nunca podría haber obtenido de otro modo. Aquello bastaba para condenarla. ¿Qué otra razón podía haber para lo que hizo cuando le dejó para casarse con su tío?

–Sí, sí has querido decirlo –afirmó Christine con tono ácido–. Intenta entender algo, Anatole: tú no querías casarte conmigo ni tener un hijo conmigo, pero tu tío sí. Fue decisión suya casarse conmigo. Me insultas al pensar otra cosa y no necesito tu aprobación.

Vio cómo apretaba los puños y una emoción le cruzaba el rostro, pero no quería oír nada más. Se puso de pie y sintió un gran cansancio. Echaba de menos la protectora compañía de Vasilis, pero ya no estaba. Se encontraba sola en el mundo a excepción de Nicky, su adorado hijo.

El ser más maravilloso del universo. La razón por la que se había casado.

Anatole la vio marcharse. Una mujer elegante. Una mujer a la que una vez estrechó entre sus brazos, conoció íntimamente... y que sin embargo ahora era una desconocida. Incluso el nombre con el que insistía en hacerse llamar lo recalcaba.

Sentía un torbellino de emociones en su interior. Pensaba en Nicky, el niño que había perdido al hombre que consideraba su abuelo, que sería criado únicamente por su madre sin saber nada de su legado paterno.

Anatole torció el gesto. Él se aseguraría de que eso no ocurriera. Se lo debía a Vasilis y también al pequeño. Sintió una punzada de remordimiento. En los cinco largos años transcurridos desde que Tia le dejó había recibido de vez en cuando mensajes de su tío. Cautos intentos de reconciliación. Anatole los había ignorado todos. Pero no ignoraría la existencia del hijo de Vasilis.

Quería volver a verlo. Había algo en Nicky que lo llamaba. Volvió a surgir en él el recuerdo de cómo había distraído al pequeño hablándole del dibujo que había hecho para su tío cuando él mismo era un niño sin ninguna figura paterna que mostrara interés por él. Solo contaba con las visitas ocasionales de Vasilis.

No quería que Nicky viviera algo así. Se aseguraría de que contara con su presencia en su vida. Y si eso significaba volver a ver a Tia, a Christine... bueno, ten-

dría que enfrentarse a ello. Se sintió algo incómodo. ¿Podría estar viéndola durante los años venideros mientras Nicky crecía?

Era una pregunta en la que no quería pensar en aquellos momentos.

Capítulo 7

MAMÁ, mira!

La voz emocionada de Nicky llegó hasta ella y Christine terminó de hablar con la nana Ruth para prestarle atención a su hijo.

Estaban en el jardín porque ya era primavera, y Nicky se encontraba sentado en un banco al lado de un joven delgado que le estaba enseñando unas fotos en el móvil.

La niñera se marchó a tomarse un merecido descanso y Christine fue a sentarse con ellos.

–¿Qué tienes ahí, Giles? –preguntó con una sonrisa subiendo a su hijo al regazo.

–La camada de Juno –respondió el joven sonriendo también–. Nacieron anoche.

–¡Uno de los cachorros va a ser para mí! –exclamó Nicky emocionado–. ¿Verdad *mumma*?

–Sí, hijo.

Había hablado con Giles Barcourt y sus padres, los antiguos dueños de la granja que Vasilis había comprado. Se llevaban bien, y le habían recomendado a Christine que se quedara con un cachorro para ayudar a Nicky a recuperarse de la pérdida de su querido *pappou*.

Giles sonrió con calidez. Era un joven muy agradable, aproximadamente de la misma edad que Christine, que estudió Agricultura en Cirencester como muchos lugareños y ahora dirigía la hacienda familiar con su padre. Un auténtico hombre de campo.

–Por cierto, a mi madre le encantaría que vinierais a cenar el próximo viernes. Mi hermana y sus hijos estarán allí y también les han prometido un cachorro, así que será divertido ver cómo eligen. ¿Qué te parece?

Christine sonrió. Le resultaría difícil estar allí sin Vasilis, pero en algún momento debía empezar a socializar, y los Barcourt siempre habían sido amables con ella. Además, a Nicky le gustaría el plan.

–Me encantaría, muchas gracias.

Giles sonrió todavía más. Christine era consciente de que tal vez se sintiera atraído por ella, pero nunca la presionaba. En aquel momento estaba a punto de decir algo cuando se oyó el sonido de unos pasos en el camino de grava al otro lado de la casa. Christine alzó la vista sobresaltada.

Se sintió invadida por una mezcla de asombro y disgusto.

–Anatole... –murmuró en voz baja.

Esa vez no hubo advertencia del ama de llaves. Anatole debió de aparcar, escuchar voces y salir al jardín. Ahora se dirigía con paso firme hacia ellos. No llevaba esmoquin ni traje, sino vaqueros, un jersey de lana y cazadora de cuero.

Estaba impresionante. Un sinfín de recuerdos se le cruzaron por la cabeza aleteando como mariposas. Como las que sentía ahora en el estómago. De pronto aflojó el cuerpo y sintió cómo Nicky se le resbalaba del regazo.

El niño corrió hacia Anatole con el rostro sonrojado por la emoción.

–¡Has venido! –exclamó–. ¡Hice el dibujo para *pappou* como tú dijiste!

Anatole se agachó.

–¿En serio? –sonrió–. Eso es genial. ¿Me lo enseñas luego?

Una emoción le recorrió al sentir aquel recibimiento tan cálido y sonrió todavía más.

–¡Sí! –dijo Nicky–. Está en mi habitación –pero entonces se acordó de algo todavía más emocionante–. ¡Ven a ver a mi cachorro! –tomó a Anatole de la mano y lo llevó al banco. Giles se había puesto de pie.

–¿Un cachorro? –preguntó Anatole.

Estaba centrado en Nicky, pero al mismo tiempo era dolorosamente consciente de la presencia de Tia. Tenía el rostro pálido y una expresión claramente reservada. No quería que él estuviera allí, eso estaba más claro que el agua. Pero a Anatole le daba igual. No estaba allí por ella, sino por el hijo de Vasilis. Esa era su única preocupación.

No el modo en que llevaba la larga melena recogida con una sencilla pinza, ni lo preciosa que estaba sin hacer ningún esfuerzo con un suéter fino y los vaqueros.

¿Sería su rubia belleza la razón por la que estaba allí aquel joven? Anatole clavó la mirada en él.

–Giles Barcourt –dijo el otro hombre con naturalidad tendiéndole la mano–. Soy un vecino, he venido para enseñarle a Nicky los cachorros de Juno –sonrió y revolvió con gesto distraído el pelo del niño.

Christine vio cómo Anatole estrechaba brevemente la mano de Giles.

–Giles, este es... el sobrino de Vasilis, Anatole Kyrgiakis.

–Siento mucho lo de tu tío –aseguró el joven cambiando de expresión–. Todos le queríamos.

En su tono de voz había una sinceridad que Christine confiaba en que Anatole respetara.

–Gracias –dijo asintiendo brevemente con la cabeza–. Creo que lo del cachorro es una buena idea.

–Sí, yo también –Giles volvió a mirar a Christine–. Bueno, me marcho. Nos vemos el viernes. Venid pronto para que los pequeños puedan pasar un rato jugando –otra vez se giró hacia Anatole–. Cena con mis padres. Si te apetece venir eres bienvenido –sonrió con su habitual buen humor.

Christine esperaba que Anatole diera alguna evasiva educada, pero, para su asombro, hizo justo lo contrario.

–Gracias, es muy amable por tu parte.

–¡Genial! Nos vemos allí entonces. ¡Hasta pronto! –se marchó despidiéndose de Nicky con la mano y desapareció.

Anatole le vio marcharse. Se estaba preguntando de quién sería el todoterreno cubierto de barro que estaba detrás de la casa, y ahora ya lo sabía.

Se giró hacia Christine.

–¿Un admirador? –preguntó con voz suave. Pero bajo la suavidad había otra emoción, una que no se atrevía a nombrar.

A Christine le echaban chispas los ojos, pero no se dignó a responder a su pregunta.

–¿Qué estás haciendo aquí, Anatole?

Habían pasado casi quince días desde el segundo encuentro con él en Londres, y Christine confiaba en que hubiera abandonado su intención de tener algo que ver con ella. Con Nicky.

Pero sus siguientes palabras confirmaron aquella intención. La miró.

–Te dije que quería volver a ver a Nicky.

Consciente de la presencia de su hijo y del hecho de que estaba tirando de la manga de Anatole para conse-

guir su atención, Christine supo que no podía hacer nada más que responder:

–¿No se te ocurrió llamar primero?

–¿Para pedirte permiso para ver al hijo de Vasilis? –volvía a tener la voz muy suave. Giró de nuevo la atención hacia Nicky–. ¿Qué te parece si me enseñas el dibujo? –preguntó.

–¡Sí! –exclamó el niño.

Christine aspiró con fuerza el aire.

–Te acompaño arriba. La niñera está tomándose un descanso ahora.

Entró con él en la casa. Estaba intentando mantener la compostura, pero el corazón le latía con fuerza. Detrás de ella podía escuchar la voz grave de Anatole y la infantil de Nicky. Sintió que se le encogía el corazón.

Una vez dentro subió por las anchas escaleras hasta llegar a la habitación de Nicky. Tenía un cuarto de juegos magnífico. Anatole echó un vistazo al balancín con forma de caballito, el tren eléctrico, el garaje con coches y la colección de osos de peluche. Las paredes estaban cubiertas de pósteres educativos y las estanterías llenas de libros.

Había un corcho al lado de la ventana con el dibujo de un tren azul con ruedas rojas. También había otros dibujos.

Anatole sintió un nudo en la garganta. Sin duda aquella era la habitación de un niño muy querido.

–¡Aquí está! –exclamó Nicky corriendo al corcho y subiéndose a una escalera para mostrarle el dibujo. Luego le enseñó los demás: un coche rojo, una casa con chimenea y tres personas con enormes caras sonrientes. Debajo de cada cara había un nombre: *pappou*, *mumma* y *Nicky*.

Anatole tomó asiento en una de la sillas que rodeaban la mesa.

–¿Por qué no hacemos algún dibujo más? –preguntó mirando a Nicky–. No veo ninguno mío...

–Voy a hacer uno –dijo Nicky al instante agarrando la caja de acuarelas y el papel para pintar. Miró a Anatole–. Tú tienes que hacer uno de mí –le ordenó dándole a su primo mayor papel y un pincel.

–Vais a necesitar agua –dijo Christine.

Fue al baño que había al lado del cuarto de juegos y que estaba dentro del dormitorio de Nicky, al lado del cuarto de la niñera. Mientras llenaba la jarra tragó saliva y parpadeó. Volvió al instante y dejó la jarra sobre la mesa.

–Gracias, *mumma* –dijo Nicky.

–Que te diviertas, pequeño.

Christine salió del cuarto. Tenía que marcharse de allí, tenía que dejar de ver a su hijo y a Anatole con las cabezas inclinadas y pintando, los dos con el pelo tan negro, los ojos tan oscuros. Tan parecidos...

Bajó las escaleras hasta el vestíbulo. ¿Cuánto tiempo se iba a quedar Anatole allí? ¿Acaso esperaba pasar allí la noche? Sintió una punzada de pánico. No, por supuesto que no querría quedarse allí. No sería adecuado aunque fuera el sobrino de su esposo y nadie supiera nada sobre su anterior relación. Christine se dio cuenta de que su mente divagaba en pensamientos prácticos porque no quería pensar en lo que más le dolía.

Anatole y Nicky... las cabezas juntas... tan, tan parecidos.

Pero no debía ir por ahí. Aquello era un pasado que nunca sucedió. Anatole no quería un hijo. No quería un hijo suyo. No quería casarse con ella.

La punzada de dolor se convirtió en una oleada. Do-

lor por lo idiota que había sido, por tener la cabeza llena de pájaros. Aspiró con fuerza el aire y fue al salón para llamar a White Hart, la posada del pueblo, y para decirle a la señora Hughes que tal vez tuvieran un invitado inesperado para cenar. Luego se dispuso a trabajar con el papeleo de la fundación de Vasilis.

Una hora y media más tarde, el ama de llaves asomó la cabeza por la puerta.

—Nicky y el señor Kyrgiakis están bajando —anunció—. Y la cena está lista.

Christine le dio las gracias y se levantó. Fue al comedor y los vio allí sentados ya. Anatole estaba hablando con Nicky de uno de los cuadros de la pared. Eran unos patinadores sobre un canal helado.

—¡Qué frío! —Anatole se estremeció exageradamente.

—Es Navidad —explicó Nicky—. Por eso está nevando.

Anatole miró a Christine, que se había detenido en el umbral de la puerta.

—Tu madre y yo pasamos una vez la Navidad juntos en la nieve, mucho antes de que tú nacieras. ¿Te acuerdas?

Si le hubiera lanzado un ladrillo a la cabeza no se habría quedado más horrorizada. Christine permaneció inmóvil.

Anatole siguió hablando como si nada, dirigiéndose a ella directamente.

—Te llevé a una estación de esquí en Suiza y nos alojamos en un chalé en los Alpes, ¿te acuerdas? —volvió a mirar a Nicky—. Algún día te llevaré a ti para que aprendas a esquiar, y también a patinar... como en el cuadro.

—Me gusta ese cuadro —afirmó Nicky.

—No me extraña, es de uno de los maestros holandeses —murmuró Anatole dirigiendo la vista hacia ella.

–Claes van der Geld –intervino Christine por decir algo. Algo que apartara su mente del recuerdo de aquellas Navidades con Anatole.

Habían hecho el amor la víspera de Navidad en una enorme alfombra de piel de oveja al lado de la chimenea...

Anatole tenía los ojos clavados en ella, y la miraba con la misma sorpresa que cuando mencionó que Vasilis hablaba de Esquilo y Píndaro con el vicario. Sonrió y tomó su asiento en una de las cabeceras de la mesa. La otra estaba vacía. Sintió una cuchillada en el corazón por la ausencia de Vasilis y su mirada descansó unos instantes en la silla en la que solía sentarse su marido.

–¿Le echas de menos?

Aquellas palabras salieron de boca de Anatole, y giró la cabeza hacia él. Ahora tenía una expresión diferente en el rostro. No escéptica, ni irónica. Casi... curiosa.

Christine entornó la mirada.

–¿Tú qué crees? –le preguntó con ironía agarrando el vaso sin darse cuenta de que no tenía agua.

Anatole alcanzó la jarra y llenó los dos vasos. En aquel momento se abrió la puerta y entró la señora Hughes empujando un carrito.

–¡Pasta! –exclamó Nicky encantado mientras su madre se levantaba para ayudar al ama de llaves a servir.

Nicky tenía pasta de cena, pero a Anatole y a ella les habían preparado algo más sofisticado: un aromático ragú de cordero con polenta a la plancha y judías verdes.

Christine puso unas cuantas judías en un plato aparte para Nicky y las colocó a modo de torre para que fueran más apetecibles.

–¿Cuántas judías te puedes comer? –le preguntó al niño con una sonrisa–. ¿Te puedes comer diez? Pues cuéntalas mientras te las comes.

Se dio la vuelta para colocar más platos en la mesa y vio que la señora Hughes sacaba dos botellas de vino tinto del carro y las colocaba enfrente de Anatole.

–Me he tomado la libertad de subir esto de la bodega –anunció–. Si no está de acuerdo con la elección hay muchas más botellas.

Christine no dijo nada, pero sintió una punzada de resentimiento. La señora Hughes estaba tratando a Anatole como si fuera el hombre de la casa y ocupara ahora el lugar de su marido. Pero no dijo nada porque no quería entristecerla.

Y, al parecer, Anatole tampoco.

–Las dos son espléndidas –afirmó con aprobación observando las etiquetas–, pero creo que esta será perfecta –seleccionó una y le entregó la otra–. Gracias.

A la señora Hughes se le iluminó el rostro.

–Bien –dijo antes de mirar a Christine–. ¿Se va a quedar el señor Kyrgiakis a dormir esta noche? Puedo preparar la habitación azul...

Christine sacudió la cabeza al instante.

–Gracias, pero no. El sobrino de mi marido tiene una habitación reservada en la posada de Mallow.

–Muy bien –dijo la otra mujer marchándose.

Christine sintió los ojos de Anatole clavados en ella.

–¿Ah, sí? –preguntó.

–Sí –contestó ella con tirantez–. La he reservado para ti. A menos que quieras volver conduciendo a la ciudad esta noche, por supuesto.

–Seguro que estaré muy bien en la posada. Gracias.

Tenía el tono seco, pero hubo algo en él que la inquietó. Mucho. Se giró hacia Nicky.

–Cariño, ¿quieres bendecir la mesa?

Nicky puso las manos juntas en postura de rezo.

–Gracias, Dios, por toda esta buena comida –dijo con voz cantarina–. Y, si somos buenos, Dios nos da además postre. Eso es lo que dice Giles –añadió mirando a Anatole con una sonrisa.

Anatole agarró el sacacorchos que le había dejado la señora Hughes y abrió el vino, sirviendo un poco a Christine y luego a él.

–¿Ah, sí? –todos empezaron a comer, y él se giró hacia Christine–. Háblame un poco más de la cena del próximo viernes.

–No hay mucho que decir –afirmó ella con tono frío.

No se le había pasado por alto el tono seco de Anatole, pero le daba igual. Que pensara lo que quisiera de su amistad con Giles Barcourt. Daba igual lo que ella dijera, porque a sus ojos estaba condenada y siempre lo estaría.

–No esperes una cena gourmet, pero sí una gran hospitalidad. Los Barcourt son gente de campo, les gustan los perros y los caballos. Son muy sencillos. A Vasilis le gustaba pasar ratos con ellos.

–Estoy deseando conocerlos –afirmó Anatole clavando la mirada en ella. Su tono cambió entonces, haciéndose todavía más duro–. Giles Barcourt no sería una buena elección. Como segundo marido.

Christine se lo quedó mirando. Otra pulla que le clavaba. Dios mío, ¿cómo iba a sobrevivir a aquella velada si Anatole pensaba seguir así? Temía que la obvia animadversión que sentía hacia ella empezara a envenenar a su hijo. ¿Acaso no había sido aquel su mayor miedo desde el principio?

–Soy muy consciente de ello –dijo con voz tirante. Dio otro sorbo de vino, lo necesitaba. Luego se reclinó y

miró fijamente a Anatole. Mantuvo la voz baja, agradecida de que Nicky estuviera dando buena cuenta de su
plato de pasta sin prestar atención a nada más–. También
soy muy consciente de que no soy digna de convertirme
en la esposa de un hombre cuya familia posee un pe-
dazo importante de estas tierras desde el siglo XVI.

–¡No me refería a eso! –protestó Anatole enfadado.

Le cambió la expresión, y Christine le vio dar otro
sorbo de vino antes de dejar el vaso sobre la mesa de
caoba.

–Lo que quiero decir es... los años que has pasado
con Vasilis te han cambiado, Tia... Christine –se corri-
gió–. Tanto que apenas te reconozco.

–He crecido –contestó ella con voz pausada–. Y soy
madre. Nicky le da sentido a mi vida. Vivo por él –sintió la mirada de Anatole clavada en ella, la sintió como
un peso. Y vio que iba a decir algo.

Pero entonces Nicky exhaló un exagerado suspiro
de placer y dejó el tenedor sobre la mesa.

–He terminado –dijo–. ¿Puedo tomar el postre?
¿Habrá helado?

–Sí, supongo que sí. Pero tendrás que esperar un
poco, a que tu... primo y yo terminemos de comer.

–Me resulta extraño considerarme primo de Nicky
–comentó Anatole–. Tengo edad suficiente para ser
su...

Se detuvo de golpe. La palabra que no pronunció
permaneció suspendida en el aire. Anatole agarró el
vaso, bebió y se lo volvió a llenar. Estaba poseído por
una emoción a la que no quería dar espacio.

Pero dirigió la vista hacia el hijo de Vasilis. El hijo
que podría haber sido suyo si...

Pero no, no debía ir por ahí. Aquello no sucedió. Y
además aquello no era lo que él quería. Apretó los la-

bios. Aquello era lo que Tia había querido. Y como no fue capaz de conseguirlo de él, fue a buscarlo en su tío.

Anatole sintió que la cabeza le daba vueltas. Aunque fuera cierto que su tío, un empedernido soltero, hubiera deseado tener un hijo, ¿por qué casarse con Tia entre todas las mujeres? La examante de su sobrino y treinta años más joven que él. Si hubiera querido una esposa podría haber elegido cualquier mujer de su círculo social, de su propia nacionalidad, más cercana a él en edad y lo bastante joven para tener un hijo.

Dirigió la mirada hacia Christine. Ella le había atrapado. Era la única explicación. Había jugado con su buen corazón y seguramente habría intentado despertar en él lástima porque Anatole la había abandonado.

Pero ¿qué más daba ahora cómo había conseguido Tia que Vasilis se casara con ella? Lo único que importaba ahora era aquel niño pequeño allí sentado que iba a crecer sin padre, sin el padre que debió tener. Un padre cariñoso y protector que se habría entregado a su hijo, convirtiéndole en el centro de su vida, el tipo de padre que todo niño se merecía...

Alzó los ojos hacia la mujer que estaba en la cabecera de la mesa. No tenía la atención puesta en él, sino en su hijo, y Anatole sintió una punzada de emoción. Había desaparecido la expresión rígida que siempre tenía en la cara cuando hablaba con él, como si cada momento en su compañía fuera una prueba insoportable. Ahora hablaba con el niño ajena a él y tenía una expresión dulce y la mirada tierna.

En el pasado también le miraba así a él...

La recorrió con la mirada registrando su belleza fresca ahora madura, una belleza que se perdería si no se volvía a casar.

La idea le resultó al instante aborrecible. Buscó rápi-

damente razones para aquella abrumadora objeción a que Tia volviera a casarse o tuviera algún tipo de vida amorosa en el futuro. Las buscó y las encontró. Las obvias.

No quería que el hijo sin padre de Vasilis tuviera que soportar a un extraño como padrastro Y peor aún, no quería una sucesión de «tíos», amantes de Tia, entrando y saliendo de su vida. Además, muchos podrían querer disfrutar del adinerado estilo de vida que tendría Nicky y del que su padrastro también formaría parte por cortesía de Tia.

Y aunque fuera un tipo de clase alta como Giles Barcourt, no sería un buen marido para Tia, no para la mujer en la que se había convertido. Otro pensamiento le oscureció la mente: cualquier hombre que se casara con Tia querría hijos propios, hijos que desplazarían a Nicky. Y sin embargo resultaba imposible pensar que se quedaría viuda eternamente. Todavía no había cumplido ni los treinta años.

Volvió a dirigir la mirada hacia ella mientras hablaba con su hijo. Estaba preciosa. Volvió a sentir una punzada de emoción. Una idea estaba tomando forma en su mente. Sí, Christine se volvería a casar. Era inevitable. Pero ningún extraño podría ser el padre que Nicky necesitaba.

A menos que...

Solo había un hombre que podría ser el padre que Nicky necesitaba.

El pequeño se estaba quedando prácticamente dormido encima del helado, y Christine se levantó para llevarlo a la cama. Pero Anatole se le adelantó y tomó al niño en brazos sin ninguna dificultad. Christine le siguió con gesto adusto. Le resultaba duro, muy duro, ver a Anatole llevar a Nicky con tanta ternura y tanta

naturalidad. Sintió un nudo en la garganta, una emoción tan fuerte que no podía soportarla.

Cuando Christine acostó al pequeño y le dio un beso
de buenas noches, Anatole dio un paso adelante y le
murmuró algo en griego. Christine sintió un nudo en la
garganta. Aquella era la bendición nocturna que Vasilis
le decía a Nicky todas las noches.

Y el pequeño la reconoció también.

–Eso era lo que me decía mi *pappou* –dijo el pequeño adormilado. El rostro se le descompuso de
pronto–. Quiero a mi *pappou* –sollozó.

Christine se acercó instintivamente, pero Anatole ya
se había sentado en la cama y tomó la mano del niño.

Pensó en lo raro que era sentir el peso ligero de su
primo, el calor de su cuerpo, sentirse tan protector respecto a él. No era culpa del niño que su madre hubiera
engatusado a Vasilis para que se casara con ella. Y si de
verdad había sido elección de su tío, por muy extraño
que pareciera, entonces la responsabilidad de Anatole
hacia el niño era todavía mayor.

Pero ¿era únicamente una cuestión de responsabilidad? Aquello sonaba frío y distante. Lo que sentía por
aquel niño no era frío ni distante en absoluto, despertaba en él una emoción que nunca antes había sentido.
Fuerte y poderosa.

–¿Qué te parece si estoy yo en su lugar, Nicky? –le
preguntó eligiendo cuidadosamente las palabras–. ¿Y si
tu *pappou* me pidió que cuidara de ti por él? ¿Qué te
parecería eso?

Los grandes ojos oscuros del niño lo miraron fijamente. Anatole sintió que se le encogía el corazón sin
saber por qué. Acarició el pelo del niño mientras sentía
un nudo en la garganta.

–Sí, por favor –susurró Nicky mirando a Anatole–. ¿Me lo prometes?

–Te lo prometo –afirmó Anatole con tono grave. Eran algo más que palabras. Surgían del fondo de su corazón.

Pero no pudo evitar preguntarse si sería capaz. Con lo miserable que había sido su infancia, ¿cómo podía hacer semejante promesa? Había tomado la decisión de no seguir aquel camino, pero ahora estaba prometiendo dedicarse a aquel niño que había tocado algo en su interior que no sabía que tenía.

Vio cómo el rostro de Nicky se relajaba, cómo el sueño se apoderaba de él.

–Que no se te olvide... –fueron las últimas palabras que susurró.

–No –afirmó Anatole acariciándole el pelo–. No se me va a olvidar.

Sintió que el corazón se le encogía una vez más. ¿Qué era aquel sentimiento que le atravesaba y que nunca pensó que sentiría?

Un movimiento a su espalda le hizo girar la cabeza. Christine estaba bajando la intensidad de la luz para que quedara solo un tenue brillo. Pero tenía los ojos clavados en Anatole, que estaba sentado en la cama de Nicky acariciándole el pelo. Y vio una expresión en su rostro que no pudo soportar.

Salió de la habitación y bajó las escaleras hasta llegar al salón, donde empezó a caminar arriba y abajo nerviosa hasta que entró Anatole. Abrió la boca para decirle que debería irse, pero él se le adelantó.

–Ven al comedor, tengo que hablar contigo –le dijo con voz algo crispada.

–Anatole, quiero que te vayas ahora...

Él la ignoró y se dirigió al comedor con paso firme.

Lo único que pudo hacer Christine fue seguirle. Se sentó a la mesa y le indicó a ella que hiciera lo mismo.

Como si aquélla fuera su casa y aquél su comedor. Christine sintió ganas de protestar, pero obedeció.

–¿Y bien? –preguntó con el corazón latiéndole a mil por hora.

–Ya has oído a Nicky –respondió él con voz firme–. Has escuchado su respuesta a mi pregunta respecto a ocupar el lugar de su *pappou*.

Anatole aspiró con fuerza el aire y Christine vio las arrugas de tensión que se le formaban alrededor de la boca.

–Esto es lo que voy a hacer –dijo sin apartar la mirada de ella–. Voy a ocupar el lugar de Vasilis en su vida. Voy a casarme contigo.

Capítulo 8

E L MUNDO se había detenido? ¿Había ocurrido un terremoto? A Christine se le nubló la visión y sentía como si se le hubiera parado el corazón.

–¿Qué? ¿Te has vuelto loco? –las palabras le salieron disparadas como balas.

Anatole alzó la mano como si quisiera detener la ráfaga de proyectiles.

–Escúchame –le pidió–, está claro que es la mejor solución para esta situación.

A Christine le echaban chispas los ojos.

–¿De qué situación hablas? –exclamó–. ¡No hay ninguna situación! Soy la viuda de Vasilis. Me ha dejado perfectamente bien situada, y a su hijo todavía más. ¿Qué demonios hay que solucionar aquí?

–Nicky necesita un padre –afirmó él con voz fría–. Todos los niños lo necesitan. Es imposible pensar que no volverás a casarte en algún momento –algo oscuro le cruzó por los ojos–. Ese vecino tuyo, Barcourt, estaría encantado de hacerlo... o cualquier otro hombre. Y no lo digo como insulto, sino como cumplido.

Anatole apretó los dientes.

–Estoy seguro de que nunca te casarías con nadie que no fuera un buen padrastro para Nicky, y sin duda Barcourt lo sería. Pero no sería un buen marido para ti –clavó la vista en ella–. Yo sí. Yo sería un marido excelente para ti. Piénsalo.

Se inclinó un poco hacia delante como si quisiera enfatizar lo que estaba diciendo. Siguió hablando.

—Soy el pariente más cercano de Nicky por parte de padre. No cuento con mi propio padre, tendría tan poco interés en él como lo tuvo en mí.

Christine escuchó algo en su voz que pudo reconocer bien, porque ella también lo había sentido en sus carnes completamente cinco años atrás.

Dolor... dolor por el rechazo. Por no ser querida.

Pero Anatole seguía hablando y tenía que escucharle.

—¿Quién mejor que yo para ser un padre para Nicky? ¿Y qué mejor marido para ti, Christine? —añadió bajando el tono.

Ella deseaba desesperadamente hablar, pero no tenía voz. Lo único que sentía era la mirada de Anatole clavada en ella, debilitándola, disolviéndola.

Trató de luchar contra ello. Trató de recordar todo el dolor que le había causado.

Pero los ojos de Anatole la estaban recorriendo ahora como tantas veces en el pasado.

—Te conozco, y tú me conoces a mí. Y los dos sabemos lo compatibles que somos —Anatole aspiró con fuerza el aire—. Y ahora mucho más. Has madurado y te has convertido en una mujer elegante y pausada, capaz de estar con personas que hace cinco años te habrían aterrorizado. Cinco años atrás eras joven e inexperta. Y no me refiero solo a sexualmente...

Anatole pronunció la última frase con naturalidad, pero Christine no pudo evitar sonrojarse.

—Me refiero a todos los aspectos de la vida —dijo él apartando la mirada y frunciendo el ceño antes de volver a hablar—. En aquel entonces no quise casarme contigo, Tia. No quería casarme con nadie. No tenía ninguna razón para hacerlo y muchas para no hacerlo, pero

ahora hay muchos motivos. Crear una familia estable para Nicky. Una familia cariñosa –se detuvo, como si le hubiera costado trabajo decirlo.

Christine fue incapaz de contestar durante unos segundos. Le pasaban demasiadas cosas por la cabeza. Entonces dejó escapar un suspiro y dijo:

–No me casaré con alguien que me desprecia –afirmó con vehemencia.

Le vio sacudir la cabeza.

–Yo no te desprecio...

Los ojos de Christine echaban chispas.

–¡No mientas, Anatole! Me llamaste cazafortunas. Me consideras una buscavidas barata que manipuló a tu indefenso tío para que me pusiera un anillo en el dedo. Y piensas que intenté hacer exactamente lo mismo contigo, que estaba dispuesta a quedarme embarazada para casarme contigo.

El rostro de Anatole se volvió impenetrable.

–No sé cuáles fueron tus motivos para casarte con Vasilis, pero reconozco que no te has aprovechado de su muerte y que estás dedicada a tu hijo –la miró directamente a los ojos–. ¿Por qué te casaste con mi tío?

Ella volvió a adquirir una expresión tensa.

–No quiero hablar de ello. Piensa lo que quieras, Anatole. Me da igual.

En su voz había un cierto tono de cansancio y resignación. Christine se puso de pie con un movimiento brusco.

–Es hora de que te vayas –dijo con sequedad.

Anatole también se puso de pie y pareció cernirse sobre ella como una torre. Christine fue consciente una vez más de lo vulnerable que era ante el hombre que estaba allí delante, un hombre que siempre había sido capaz de derretirle los huesos con una sola mirada de sus profundos ojos oscuros.

Y quería casarse con ella...

Le resultaba imposible creerlo, pero ahí seguían aquellas palabras.

–Todavía no me has dado una respuesta –dijo Anatole.

Tenía la oscura mirada clavada en ella. Pero ahora estaban en el presente, no en el pasado. El pasado nunca volvería. Christine hizo un esfuerzo titánico por recomponerse.

–Te la he dado al instante –afirmó–. Lo que propones es una locura y como tal la considero. Y, si te queda alguna neurona en el cerebro, por la mañana estarás de acuerdo conmigo.

Salió al vestíbulo y abrió en un claro gesto la puerta de la calle.

Anatole salió del comedor y la siguió.

–¿De verdad me estás echando de la casa de mi tío? Ella apretó los labios.

–Mi marido tenía treinta años más que yo, Anatole. ¿No crees que he aprendido a ser extremadamente cuidadosa con mi reputación? –preguntó entre dientes–. Sé que eso no significa nada para ti, pero por el bien de Nicky deberías tener la decencia de marcharte.

Anatole se acercó a ella. Hubo algo en el modo de hacerlo que hizo temblar todas las fibras de su cuerpo. El espacio que había entre ellos se cargó de pronto de electricidad.

–¿Soy una tentación para ti, Tia? –le preguntó él mirándola fijamente.

Su voz era como una caricia, había intimidad en el modo en que la miraba. Una caricia y una intimidad que en el pasado le resultaron tan familiares como respirar. Que no había experimentado en cinco largos años. Que de nuevo cobraban vida entre ellos.

Christine no podía respirar. No podía moverse.

Anatole levantó un brazo y le deslizó un dedo suavemente por la mejilla. La sintió como el terciopelo. Ella sintió cómo su corazón gritaba el nombre de Anatole, pero era un grito que provenía de muy lejos. De hacía mucho tiempo, resonando ahora a través de los años en aquel momento insoportable.

—Estás más hermosa que nunca —le dijo con suavidad mirándola a los ojos—. ¿Cómo no iba a desearte de nuevo?

Ella sintió que el cuerpo se le agitaba, no tenía fuerzas para mantenerse recta. Era como si lo único que la mantuviera de pie fuera la mirada de Anatole.

—Eres preciosa —murmuró él con una voz tan suave como una pluma.

Lenta, muy lentamente, la boca de Anatole descendió y rozó la suya. Christine no hizo ningún movimiento. No podía... no se atrevía.

Él se retiró y le escudriñó el rostro.

—Antes te habrías derretido entre mis brazos, dulce Tia —murmuró sonriendo y alzándole la barbilla con un dedo—. Eres tan delicada... volverás a derretirte por mí —afirmó cambiando de expresión.

Dejó caer el dedo y esbozó una última sonrisa. De seguridad en sí mismo.

Lo que Anatole quería estaba bien. Era obvio. Era lo que tenía que pasar entre ellos. Se trataba de un impulso, sí, pero también fue un impulso lo que le llevó a subirla al coche aquella tarde tantos años atrás para llevarla a su apartamento... y luego a la cama.

Y, de no ser así, ella no estaría allí, no sería la viuda de su tío, la madre de un niño sin padre. Aquello era lo que él haría por Nicky, el hijo de su tío. Forjar una familia amorosa, mantenerlo seguro en aquel amor a través de la infancia y de toda su vida. Darle lo que él no tuvo.

Volvió a sonreír al ver cómo todo se iba resolviendo

por sí solo. Nicky los tendría a Tia y a él. En el pasado, el matrimonio le parecía algo imposible y la paternidad ni se la planteaba. Pero ahora todo había cambiado para siempre.

El futuro estaba claro como el cristal para él, y estaba centrado en aquella mujer. Aquella mujer que había regresado a su vida. El deseo que sentía hacia ella ahora era más fuerte que nunca. Su belleza madura lo atraía todavía más que la ingenuidad del pasado.

Volvió a hablar, esa vez serían las últimas palabras de aquella noche, y la acarició con la mirada.

—Te derretirás, Christine —dijo como si su voz encerrara una promesa—. En nuestra luna de miel.

Christine se quedó tumbada en la cama sin poder dormir y con la mirada clavada en el techo. Pensamientos, emociones, confusión... todo giraba de manera caótica en su mente. No entendía nada. Nada en absoluto.

Anatole quería casarse con ella. Anatole la despreciaba. Anatole la había besado.

Nada de todo aquello tenía sentido. Dio vueltas y vueltas en la cama y no logró descansar.

Pero por la mañana, cuando por fin se levantó, solo tenía una palabra en la cabeza. «Tentación».

Sí, podía decirse a sí misma todas las veces que quisiera que era una locura que un hombre que le había lanzado todas aquellas acusaciones a la cara, un hombre que le había dicho que no quería casarse con ella, se ofreciera ahora a hacerlo. Por propia voluntad.

Era una locura que le prestara la más mínima atención a lo que le había dicho. A lo que había hecho. Y, sin embargo, algo se abría paso a través de su cerebro y encontraba lugares vulnerables en los que penetrar. Podía

sentirlo extendiéndose por su mente, algo tan peligroso que le aterrorizaba. «Tentación. Tentación mortal».

La había sentido en el pasado igual de fuerte y de peligrosa. Una vez estuvo a punto de hacer algo que sabía por instinto que no estaba bien. Y el conflicto estuvo a punto de destruirla. La habría destruido de no ser por Vasilis. Se lo había contado todo desesperada aquel día en Atenas, cuando Anatole dejó claro lo poco que significaba para él.

Y Vasilis la escuchó, la dejó llorar, sollozar y sacar toda aquella desesperación. Y luego le ofreció aquella posibilidad tan amable y generosa.

La salvó. La salvó del peligro de dejarse arrastrar por la tentación que suponía Anatole.

Ahora, tantos años más tarde, se acercó a la ventana de su dormitorio para mirar hacia el jardín. Le encantaba aquella casa, aquella casa tranquila que le recordaba a su matrimonio con Vasilis. Él llevó la paz a su vida cuando estaba hecha pedazos.

Dirigió la mirada hacia la puerta que daba a un pequeño vestidor y de ahí al dormitorio de Vasilis. Un dormitorio que ahora estaba vacío.

Lo echaba de menos. Echaba de menos su amabilidad, su compañía, su sabiduría.

Y, sin embargo, en los largos meses que habían transcurrido desde que se despidió de él en la tumba, empezaba a desdibujarse en su mente. O tal vez no fuera eso, sino que otra fuerza quería abrirse paso en su conciencia. En el espacio que una vez fue de su marido. Igual que su marido había ocupado el espacio que una vez perteneció al hombre que ahora lo reemplazaba.

Christine había luchado tanto por liberarse de Anatole... y sin embargo estaba otra vez en su cabeza dominándolo todo.

Y ahora le estaba ofreciendo lo que nunca quiso ofrecerle antes. Qué ironía.

Anatole le había preguntado si era una tentación para ella. Y Christine sintió la fuerza de sus palabras, la tentación de dejarse tentar. Y luego sintió el roce de su boca en la suya...

Contuvo un grito de angustia y se giró, obligándose a sí misma a empezar el día, a quitarse de la cabeza la locura que Anatole le proponía.

Pero cuando a media mañana fue a la habitación de Nicky a pasar un rato con él y darle un respiro a la niñera, lo primero que hizo su hijo fue preguntar dónde estaba Anatole. Ella le respondió cualquier cosa, no supo qué, y se disgustó al ver cómo Nicky torcía el gesto. Y todavía más cuando recordó lo que le había dicho Anatole la noche anterior.

—Me dijo que mi *pappou* lo había enviado para que cuidara de mí. Entonces, ¿dónde está?

Christine hizo todo lo posible por distraerle escribiendo las letras con él, hasta que de pronto a Nicky se le iluminaron los ojos y ella también oyó un coche llegando... y deteniéndose en la entrada principal.

Unos minutos más tarde se escucharon unos pasos masculinos fuera, se abrió la puerta de la habitación y allí estaba Anatole.

Nicky corrió hacia él gritando de alegría y Anatole lo agarró en brazos. Christine no pudo hacer otra cosa más que mirarlos mientras sentía una gran emoción al ver la felicidad de su hijo ante la llegada de Anatole... y cómo se le suavizaba el rostro a él al ver a Nicky. Anatole se giró hacia Christine con Nicky en brazos, rodeándole el cuello con un brazo, y los dos le sonrieron.

Se parecían tanto...

Christine escuchó un zumbido en los oídos y lo único que pudo hacer fue parpadear. Entonces, Anatole habló.

—¿Quién quiere ir de aventura hoy? —preguntó.

A Nicky se le iluminaron los ojos.

—¡Yo! ¡Yo! —exclamó emocionado.

Anatole se rio y le volvió a dejar en el suelo.

—Hace un día precioso —dijo mirando a Christine—. ¿Por qué no salimos a dar una vuelta los tres?

Ella abrió la boca para decir un montón de objeciones, pero no fue capaz de articular ninguna al ver la cara de felicidad de Nicky.

—¿Por qué no? —preguntó con tono débil—. Se lo diré a Ruth.

Se escabulló a la salita de la niñera, que estaba viendo la televisión mientras tomaba una taza de té.

—Qué buena idea —aseguró cuando Christine le contó el plan de Anatole—. Servirá para que Nicky se distraiga, y si me lo permites... me alegra que el joven señor Kyrgiakis venga por aquí —afirmó asintiendo con la cabeza—. Está claro que siente un gran cariño por Nicky y para él es importante que forme parte de su vida.

La mujer aspiró con fuerza el aire, como si hubiera dicho suficiente, y luego se puso de pie.

—¿Y dónde tiene pensado ir el joven señor Kyrgiakis? Me aseguraré de que Nicky lleve la ropa adecuada.

Salió de la salita dejando a Christine con la sensación de que le estaban ganando en todos los frentes. Bajó las escaleras y agarró una chaqueta para ella. Un día entero en compañía de Anatole... y la única protección de Nicky.

Sintió cómo se le aceleraba el corazón. Sabía a qué se debía. Lo sabía y por eso le daba miedo.

Capítulo 9

ESTE es el mejor día de mi vida –afirmó Nicky con un suspiro feliz. Y luego se reclinó en la silla para seguir tomándose el helado de chocolate.

Christine se rio. No pudo evitarlo. Igual que no pudo evitarlo cuando vio dónde los iba a llevar Anatole.

–¿Un campamento de vacaciones? –exclamó sin dar crédito cuando llegaron en el coche de Anatole.

–Entradas para un día –dijo él mirando a Nicky–. ¿Crees que te gustará?

La respuesta era evidente desde hacía seis horas. Había una increíble piscina interior con un sinfín de toboganes, fuentes y otras delicias para los niños. Anatole compró toallas y bañadores para los tres en la tienda del campamento. En el exterior había juegos de todo tipo, y la jornada terminó con un espectáculo infantil basado en unos personajes televisivos muy conocidos.

Ahora estaban tomando un té y Nicky un copioso helado. Christine se inclinó hacia delante para limpiarle la cara. Estaba de un humor extraño. Le había resultado imposible no darse cuenta de cómo estaba disfrutando el día. Y todavía más al ver a Nicky tan feliz.

Anatole había estado centrado en el niño, pero Christine se pilló a sí misma intercambiando de vez en cuando alguna mirada con Anatole al ver la expresión

de felicidad de Nicky. Breves miradas y sonrisas que habían ido haciéndose más frecuentes a medida que avanzaba el día.

La tensión que sentía antes de que se pusieran en marcha había desaparecido de un modo que nunca creyó posible. Christine se dio cuenta sobresaltada de que era como si la comodidad que sentía al estar con él en el pasado estuviera despertando tras un largo periodo de hibernación.

Resultaba inquietante pensar así. Y peligroso.

Tan peligroso como fue dirigir la mirada hacia el cuerpo musculoso y bronceado de Anatole en bañador cuando salió del vestuario de la piscina con Nicky. Los recuerdos la asaltaron y tuvo que desviar la mirada. Pero no antes de que Anatole hubiera visto cómo lo miraba... y ella sabía que también la había mirado.

Aunque había escogido un bañador deportivo que no estaba diseñado para seducir, ser consciente de su cuerpo expuesto a ojos de Anatole hizo que sintiera una llamarada cuando notó su mirada clavada en ella. Afortunadamente, Nicky empezó a dar saltos con los manguitos porque quería entrar en el agua y el momento pasó.

Pero la sensación regresó en ese momento cuando terminaron de tomar el té y se metieron en el coche para volver a casa. Nicky se quedó dormido de puro agotamiento tras las emociones del día. En la intimidad del coche, con la música sonando suavemente, la presencia de Anatole tan cerca de ella le perturbaba los sentidos.

Vio cómo la miraba de reojo mientras conducía.

—Lo que te dije ayer... ¿has visto lo estupendo que sería formar una familia para Nicky? –le preguntó.

Se lo preguntó con tono informal, como si estuvieran hablando del tiempo y no de la locura de casarse

con él. Christine guardó silencio durante un instante, aunque le daba la impresión de que Anatole podía escuchar el latido de su corazón. Trató de elegir cuidadosamente las palabras. Alguien tenía que conservar la cordura allí... y debía ser ella.

–Anatole, piensa con la cabeza. Supongo que estás dejándote llevar por un impulso. Acabas de enterarte de la existencia de Nicky, y Vasilis ha muerto hace muy poco. Para ti y para nosotros tomar una decisión tan drástica en nuestras vidas en este momento sería un desastre –le miró–. Todo lo que he leído sobre los procesos de luto anima a no tomar decisiones importantes durante al menos un año.

¿Sería suficiente aquello para disuadirle? Confiaba en que sí. Rezaba para que así fuera. Pero a pesar de la semioscuridad del coche vio su rostro soliviantado. Se estaba cerrando. Cerrándose a lo que ella decía.

–Es lo correcto –afirmó Anatole.

Había insistencia en su tono, y él mismo lo percibió. ¿Cómo era posible que Christine no viera lo adecuado que era lo que proponía? Sí, estaba siendo impulsivo... pero eso no significaba ser irracional. Todo lo contrario, de hecho. Para él lo correcto era casarse con la madre de aquel niño para que tuviera un padre. La misma mujer que una vez quiso tener un hijo con él. La mujer a la que había deseado desde el momento en que puso los ojos en ella.

Y seguía deseándola. Y Tia lo deseaba también a él. No cabía ninguna duda de ello.

Pero ella seguía negándolo, tal y como demostró su áspera respuesta.

–No, no lo es –dijo.

Christine bajó la mirada hacia las manos, que estaban sobre el regazo. ¿Qué más podía decir sin destruir

el frágil edificio de su vida, sin lanzarse al desesperado tormento que una vez conoció con Anatole?

Sintió cómo la miraba. Sintió la pausa antes de que contestara con una tirantez en la voz que no se le pasó por alto.

–No estoy acostumbrado a que me lleves la contraria –le escuchó decir–. Has cambiado.

Ella alzó la cabeza en un gesto desafiante.

–Por supuesto que he cambiado –afirmó–. ¿Qué esperabas?

Aspiró con fuerza el aire y recordó, a pesar de sus desafiantes palabras, cómo le gustaba verle conducir, ver sus manos curvadas en el volante. Cómo siempre le miraba con admiración, maravillándose una y otra vez por que la deseara, por que la hubiera tomado de la mano para llevarla a aquel país de fantasía en el que habitaba con él...

Anatole la pilló mirándole.

–Antes me mirabas así todo el rato, Tia –su voz se suavizó con cierta ternura.

Christine sintió un nudo en la garganta y apartó la vista para mirar hacia la carretera.

–Eso era antes, Anatole –murmuró–. Hace mucho tiempo...

–Lo he echado de menos –afirmó él–. Te he echado de menos a ti, Tia. Cuando me dejaste para casarte con mi tío...

Ella abrió los ojos de par en par.

–¡Yo no te dejé! –exclamó–. Fuiste tú quien terminó conmigo. Me dijiste que te negabas a tener una relación con alguien que quería casarse contigo, quedarse embarazada de ti.

Vio cómo Anatole fruncía el ceño y apretaba con más fuerza el volante.

–Eso no significaba que tuvieras que marcharte –aseguró–. Solo significaba que... –se detuvo.

–Significaba que debía renunciar a hacerme cualquier idea de significar algo para ti, y mucho menos convertirme en tu esposa y potencial madre de tus hijos. Renunciar a cualquier posibilidad de tener un futuro contigo.

Christine cerró los ojos un instante. La cabeza le daba vueltas. Luego volvió a abrirlos y aspiró con fuerza el aire.

–No pasa nada, Anatole –dijo con voz cansada–. Me hago a la idea. Eras joven, estabas en la cúspide de tu carrera profesional. Yo fui una diversión para ti, una novedad que seguramente duró un poco más de lo que esperabas en un principio cuando me recogiste de la calle. Yo venía de un mundo totalmente distinto al tuyo, era completamente ingenua. Estaba tan loca por ti que no pudiste resistirte a la tentación. Pero sé que eso no me daba ningún derecho a creer que quisieras estar conmigo a largo plazo, aunque no...

Tragó saliva. Sabía que tenía que decirlo.

–Aunque no hubiera habido aquel susto con el... embarazo –le costó trabajo decir la palabra–, la aventura habría terminado por otro motivo. Porque no era más que una aventura.

Ahora lo sabía, gracias a la perspectiva que le habían dado los años. En aquel entonces tenía veintitrés años, y Anatole fue el primer hombre de su vida. Un hombre con el que no se hubiera atrevido siquiera a soñar. Se la llevó al país de las maravillas, y a pesar de su juventud, Christine sabía que aquel polvo de oro podría terminar convertido en ceniza.

Y eso fue lo que ocurrió.

–Pero ahora quiero algo más –dijo Anatole–. Quiero

mucho, mucho más que una aventura contigo. Esto funciona, Christine. Nicky, tú y yo. A Nicky le caigo bien, confía en mí... y lo que le dije anoche iba en serio. Me parece bien que crea que su *pappou* me ha enviado para cuidar de él en su lugar. Para que sea su padre...

Podría haber sido su hijo. Si Tia se hubiera quedado embarazada entonces, cinco años atrás, Nicky sería su hijo.

Cuando llegaron a casa de Christine, Anatole tomó al niño dormido en brazos mientras ella abría la puerta e iniciaba el camino por las escaleras de la silenciosa casa. Tanto la señora Hughes como la niñera tenían la noche libre.

Metieron a Nicky en la cama. Anatole se quedó un instante al lado de Christine mientras miraban al pequeño, iluminado únicamente por la suave luz de la lámpara de la mesilla.

Tomó la mano de Christine y ella no la retiró. Se quedó a su lado un instante mientras contemplaban dormir al niño como si fueran realmente una familia.

Le pareció escuchar un sollozo contenido. ¿Había sido Christine? No lo sabía. Solo supo que le soltó la mano y que salió de la habitación. Anatole se la quedó mirando y luego volvió a centrarse en Nicky, murmurándole la bendición nocturna antes de darse la vuelta y bajar por las escaleras.

Christine le esperaba en el vestíbulo, al lado de la puerta de entrada. Tenía la cabeza alzada y una expresión serena.

—Gracias por este maravilloso día —dijo.

Habló con calma, tratando de controlar la emoción que rugía en su interior. Abrió la puerta y dio un paso atrás. Anatole se acercó a ella. Pero esa vez no hizo amago de besarla.

–Ha estado muy bien –murmuró.

Y, tras esbozar una sonrisa fugaz y asentir con la cabeza, se marchó. Cuando abrió la puerta del coche, oyó cómo se cerraba la de la casa a su espalda.

«Ciérrala si quieres... pero no puedes dejarme fuera. Ni de la vida de Nicky... ni de la tuya».

La semana siguiente, Christine hizo todo lo que pudo por recuperar el estado mental que había conseguido al casarse con Vasilis. Pero había desaparecido, anulado por el regreso de Anatole a su vida. Por su invasión.

Una invasión que en un principio fue completamente hostil. Y lo más irónico era que Christine podía afrontar su hostilidad, lo que no sabía manejar era lo que estaba haciendo ahora con ella.

«Cortejarla».

Aquella palabra se le quedó en la cabeza, persiguiéndola. Confundiéndola. Cambiándola.

Y ella no quería cambiar. Se había construido una vida nueva a base de lágrimas, pero en la que se sentía segura. La vida que Vasilis le había dado, y a eso quería agarrarse. Anatole era su pasado, no quería que fuera su futuro. No se atrevía. Había demasiado en juego como para permitírselo.

Pero su determinación fue puesta a prueba de nuevo al siguiente viernes, el día que los Barcourt los habían invitado a cenar. Su esperanza de que Anatole lo hubiera olvidado resultó en balde. Llegó a tiempo para recogerlos, y los Barcourt no pudieron ser más amables recibiéndolo en su mansión de la campiña.

–Me alegro de que haya venido esta noche, señor Kyrgiakis. Todos lamentamos mucho la muerte de su tío. Le teníamos un gran aprecio –la señora Barcourt

sonrió al saludarle y luego le guio a la sala recubierta de madera de roble.

Nicky se fue con los niños a ver los cachorros acompañado de su niñera, y la hermana de Giles, Isabel, que era tan alegre como su hermano, lanzó un panegírico a favor de los beneficios de una mascota durante la infancia, añadiendo que Nicky debería aprender también a montar cuanto antes. Giles estuvo de acuerdo y ofreció a su viejo poni, Bramble, para el trabajo.

−¿No estás de acuerdo? −le preguntó Isabel a Anatole.

−Seguro que a mi primo le encantaría −reconoció él−. Pero es decisión de Christine.

La miró y ella sonrió con timidez. No tenía ni idea de lo que pensarían los Barcourt de Anatole, pero no estaban haciendo ninguna pregunta sobre su presencia allí.

El alivio le duró hasta después de la cena, cuando la anfitriona anunció que dejarían a los hombres tomando una copa de oporto y llevó a Christine y a Isabel a otra sala. Allí sacó una botella de buen vino de madeira e Isabel se fue a ver a los niños.

Christine se dio cuenta de que la señora Barcourt estaba a punto de iniciar el interrogatorio.

−Querida, qué hombre tan apuesto. Es una lástima que no hayamos sabido nada de él hasta ahora −afirmó inclinándose para acariciar con gesto distraído al gato de pelo largo que descansaba sobre la alfombra−. Supongo que a partir de ahora lo veremos más, ¿no es así?

Su sonrisa era amable. La pregunta estaba claramente dirigida... Christine apretó su copa.

−Quiere conocer a Nicky −consiguió decir.

Su anfitriona asintió con la cabeza en un gesto comprensivo.

–Es lógico –afirmó–. Y será bueno para Nicky también –hizo una pausa–. Sé que todavía es pronto, pero tendrás que pensar en el futuro. Seguro que lo sabes.

Volvió a acariciar al gato y luego miró a su invitada con expresión franca.

–Para Nicky sería excelente tener un padrastro... pero debes elegir sabiamente. Giles no –afirmó sacudiendo levemente la cabeza–. Le tiene mucho cariño a Nicky, pero no estáis hechos el uno para el otro.

A Christine le cambió la cara.

–No, no... ya lo sé.

Su anfitriona asintió y se reclinó en el asiento agarrando su copa.

–Parece que Anatole y tú os lleváis muy bien...

Christine no sabía qué decir, pero, al parecer, la señora Barcourt sí.

–Bueno, no diré nada más excepto que me apetece conocerle mejor. Debéis volver pronto. ¡Ah, Isabel, estás aquí! –dijo cuando entró su hija–. ¿Cómo está el pequeño Nicky?

–Suplicando que le dejen quedarse a dormir. Y mis hijos le apoyan. ¿Tú qué dices, Christine?

Agradecida por el cambio de tema, solo pudo asentir.

–Si no es molestia...

–En absoluto –afirmó Isabel encantada–. Y por la mañana puede montar a Bramble si te parece bien.

Christine asintió, pero al instante se dio cuenta de que, si Nicky dormía allí aquella noche, ella se quedaría sin la protección de su presencia.

Y lo sintió todavía con más fuerza al final de la velada, cuando se sentó en el coche al lado de Anatole rumbo a su casa.

Él la miró de reojo. Estaba preciosa con aquel ves-

tido de terciopelo azul oscuro estilo bailarina y el pelo
recogido en un elegante moño. Sencilla, elegante... y
absolutamente arrebatadora.

Al joven Giles Barcourt también se lo había parecido, pensó Anatole con un primitivo instinto mascu-
lino. ¿Por eso había sentido Anatole la necesidad de
recalcar el vínculo que tenía su familia con ella? ¿Para
reclamarla?

Era suya. Siempre lo había sido.

Sintió una sensación de certeza. De posesión. Y
también de arrepentimiento. ¿Por qué la había dejado
marchar, por qué no la reclamó como suya antes de que
Vasilis se casara con ella en lugar de dejarse llevar por
la rabia y la determinación de no verse obligado a casarse?

En aquel entonces no estaba preparado, pero ahora
sí. Lo único que tenía que hacer era convencer a Christine.

—¿Te importa que Nicky aprenda a montar? —preguntó Anatole por hablar de algo mientras tomaban el
camino en dirección a su casa.

Ella sacudió la cabeza.

—Les estoy muy agradecida a Giles y a Isabel
—afirmó—. Quiero que Nicky crezca aquí, así que montar le hará sentirse como en casa. Y está muy unido a
Giles...

En cuanto pronunció aquellas palabras vio cómo
Anatole torcía el gesto. No volvió a hablar durante el
resto del trayecto, y ella tampoco dijo nada.

Cuando llegaron a casa de Christine, ella salió del
coche dispuesta a darle las buenas noches, pero entonces él dijo con tono natural:

—Me vendría bien una copa. Como tenía que conducir apenas he probado el vino durante la noche... y nada

del oporto que Barcourt padre insistía en que tomara –miró a Christine con gesto expectante–. Dijo que le había regalado a Vasilis una botella por Navidad...

Christine dejó a regañadientes que Anatole la siguiera hasta el interior de la casa, que estaba en silencio. La señora Hughes y su marido estaban en el apartamento de la antigua cochera y la niñera iba a pasar el fin de semana fuera. Christine encendió las lamparitas de la sala y sacó la botella de exquisito oporto y dos copas.

Anatole cruzó la sala y se sentó en el sofá, pero Christine eligió la butaca de enfrente. Él le sirvió un generoso trago, luego llenó su copa y después la alzó mirando fijamente a Christine.

–Por nosotros... por lo que podemos hacer juntos.

Tenía la mirada clavada en ella. Christine sentía su poder, su fuerza. Los recuerdos del pasado que despertaba en su interior. Se sintió algo perdida y le dio un buen sorbo al oporto. La botella estaba sin abrir, la salud de Vasilis se había debilitado no mucho después de Navidad. Sintió que se le llenaban los ojos de lágrimas.

–¿Qué te pasa? –le preguntó Anatole con tono preocupado–. No estarás angustiada por Nicky, ¿verdad?

–No, estoy acostumbrada a dejarle una noche o dos. Cuando me iba a Londres con Vasilis.

Le tembló la voz al pronunciar el nombre de su marido fallecido

–Le querías, ¿verdad? –murmuró Anatole perturbado, como si estuviera enfrentándose a algo a lo que no se quería enfrentar. Algo que había mantenido a raya durante cinco largos y amargos años.

–Sí. Por su amabilidad –afirmó ella con sentimiento–. Y su sabiduría. Y su devoción por Nicky.

A Anatole se le nubló la mente. Le resultaba impo-

sible imaginarse la concepción de Nicky. No le parecía bien que Tia estuviera en el mundo con nadie más que con él.

No pudo evitar preguntarse cómo había logrado estar todo aquel tiempo sin ella. No se había mantenido célibe, desde luego, pero solo eran aventuras cortas.

—Pero eso no significa que no puedas volver a casarte —afirmó.

Ella apartó la mirada,

—No, Anatole. Por favor.

—¿Él... te quería? —Anatole no pudo evitar preguntarlo.

—Me tenía cariño —afirmó ella mirándole de nuevo—. Y adoraba a Nicky. Eso era lo más importante para mí, haber podido darle a Nicky. Si no se hubiera casado conmigo nunca habría tenido un hijo.

Había desafío en su tono de voz, y Anatole supo por qué. Sintió la acusación, y supo que debía responder por ella. Había llegado el momento de enfrentarse a lo que había hecho y dicho.

Aspiró con fuerza el aire y la miró a los ojos con expresión sombría.

—Lo siento, Christine. Siento no haber querido tener un hijo cuando estábamos juntos. Haber recibido bien la noticia de que al final no estabas embarazada —dio otro largo sorbo de oporto—. No estaba preparado para ser padre, pero ahora lo estoy. Quiero ser un padre para Nicky.

Christine sollozó y Anatole se levantó al instante y se puso de rodillas frente a ella, tomándola de la mano.

—No llores, Tia —le dijo suavemente secándole las lágrimas con un dedo—. Podemos hacer que esto funcione. Cásate conmigo. Formemos una familia por el bien de tu hijo. Por el nuestro.

Anatole le quitó la copa medio vacía de la mano temblorosa y la ayudó a ponerse de pie. La tenue luz de la lámpara de mesa la iluminaba y Anatole contuvo el aliento. Estaba muy hermosa.

Deslizó la boca hacia la suya. No pudo evitarlo. El deseo lo atravesaba, y el recuerdo de aquel deseo fusionó el pasado con el presente. La dulce boca de Tia era como la miel bajo la suya y sintió la instantánea erección. La besó con más fuerza y la escuchó emitir un sonido gutural, como si no pudiera soportar la idea de que se detuviera.

Le soltó las manos y deslizó las suyas por su delicada cintura, atrayéndola suavemente hacia sí. Sintió la redondez de las caderas de Tia contra las suyas. Sintió cómo aumentaba su excitación y la besó todavía más apasionadamente.

Ella tembló entre sus brazos, y Anatole recordó vivamente cómo respondía siempre a sus besos. Sintió los pezones erectos contra su pecho. Christine le besaba ahora con ardor, como si hiciera mucho tiempo que no besaba a nadie. Como si solo él pudiera saciar su deseo.

Perdió el poco control que le quedaba. La tomó en brazos y la llevó al dormitorio, escaleras arriba. La dejó sobre la cama y se puso a su lado.

Anatole no supo cómo se quitó la ropa. Solo sabía que se había soltado el pelo y que ahora le caía sobre la almohada, y que le estaba bajando la cremallera del vestido y quitándoselo para que su pálida y suave piel quedara expuesta.

Le cubrió un seno con la mano y ella volvió a gemir. Anatole llevó la boca al seno y le lamió delicadamente el pezón. Christine volvió a gemir y él le quitó el vestido del todo dejando al descubierto las delicadas bra-

guitas. Se las quitó y se colocó encima de ella con suavidad.

Christine estaba anhelante, sucumbiendo impotente a lo que su cuerpo le estaba urgiendo que hiciera. Se estaba apoderando de ella, demoliendo lo que la cabeza le decía. Que aquello era una locura. Pero no podía parar. No podía dejar de apretar los muslos para agarrarle la cintura, ni de acariciarle la espalda.

Volvió a gemir y arqueó la espalda. Todo su cuerpo se puso en tensión como preparándose para ser poseído. Escuchó su propia voz pronunciando el nombre de Anatole, rogándole que terminara lo que había empezado, que la llevara a aquel plano de la existencia donde se veía invadida por el fuego, la dulzura y una luz insoportable.

Anatole dijo algo que ella no entendió, solo sabía que su cuerpo se movía dentro del suyo con la misma familiaridad de siempre.

Anatole la embistió, el pasado y el presente se fundieron volviéndose uno. Como si nunca se hubieran separado. Él soltó un gemido que más pareció un bramido, y como si fueran cerilla y yesca, Christine sintió que su cuerpo fluía con el suyo, sintió cómo se elevaba y caía en otro mundo que existía únicamente en aquellas ocasiones, atravesó una barrera invisible pero que en aquellos momentos, en brazos de Anatole, era lo único que existía.

Y luego se quedó jadeando, agotada. Saciada. Todo su cuerpo parecía haberse limpiado en aquel aire blanco y cálido. Christine temblaba, y Anatole le acariciaba el pelo y hablaba con ella, retirándose de su cuerpo pero sin dejar de abrazarla para que no se sintiera sola. Repetía el nombre con el que siempre la había llamado:

–Tia. Mi Tia. Mía.

Y sí era suya. Lo era, siempre lo había sido... y siempre lo sería.

El sueño se apoderó de ella como una droga. Cerró los ojos, y su cuerpo se refugió en la cuna protectora de los brazos de Anatole.

Capítulo 10

LA MAÑANA nacía extendiendo sus pálidos rayos de luz por el jardín cubierto de rocío. Christine estaba en la ventana de su dormitorio envuelta en una bata de seda y mirando hacia fuera. Tenía la mirada perdida y pensaba en el pasado. Un pasado que se había convertido en presente. Un presente que no podía negar. Como tampoco podía negar que había permitido que ocurriera algo que no debía haber pasado nunca.

Cuando Anatole le propuso que se casaran le dijo que le parecía una locura. Pero lo que acababan de hacer era una locura. Giró la cabeza y miró hacia la figura que dormía en su cama. La ropa de cama revuelta le permitía ver cómo le subía y le bajaba el pecho, el pecho al que se había agarrado en la locura de la última noche como lo había hecho en aquel tiempo lejano que tendría que haber desaparecido para siempre.

Había terminado, y no podía ser de otra manera. No podía ser lo que Anatole quería que fuera. Era imposible por muchas razones, y sobre todo por una. La de siempre.

Sintió un nudo de dolor en la garganta al mirarlo ahora dormido en la cama. No podía haber futuro entre ellos, como no pudo haberlo entonces.

Suspiró con fuerza y se dio la vuelta. Al hacerlo lo escuchó estirarse, vio cómo extendía las manos por la

cama y su rostro registraba su ausencia. Abrió los ojos y la vio allí de pie. Una expresión dulce le cruzó el rostro, pero fue Christine quien habló primero.

–¡Tienes que irte ahora mismo! No quiero que la señora Hughes vea que has pasado la noche aquí.

A Anatole le cambió la cara.

–Pero así ha sido... y en tus brazos.

La estaba desafiando a que lo negara sin apartar los ojos de ella. Se incorporó y le tomó la mano.

–Es demasiado tarde para fingir –murmuró con tono suave–. ¿No te lo demostró la noche anterior? –la atrajo hacia sí–. ¿Y esto?

Deslizó la boca hacia la suya. Fue un beso de terciopelo. El beso de un hombre que había tomado posesión de la mujer que deseaba. Christine sintió que le temblaban las piernas.

–Ha sucedido, Tia –dijo Anatole –. Ha sucedido y ya no hay marcha atrás.

Ella trató de apartarse.

–¡Tiene que haberla! –exclamó–. No puedo hacer lo que me pides, Anatole. No puedo.

No debía hacerlo. Lo que Anatole le ofrecía era una tentación irresistible, pero debía resistirla. Lo había hecho con anterioridad y volvería a hacerlo. Tenía que encontrar la fuerza para seguir rechazándole. Incluso ahora, después de haber ardido entre sus brazos. Ahora más que nunca. Ahora que sabía lo débil que era, lo incapaz de resistirse a él. Ahora que conocía el peligro que tenía delante.

Se apartó bruscamente.

–No me casaré contigo, Anatole –afirmó haciendo un esfuerzo–. Da igual lo que me digas. No lo haré.

¿Estaba hablando para él o para sí misma? Conocía la respuesta.

Los ojos de Anatole reflejaron su frustración.

–¿Por qué, Tia? No lo entiendo. ¿Cómo es posible que niegues lo que hay entre nosotros?

Ella no podía responder. Lo único que pudo hacer con expresión desesperada fue pedirle una vez más que se fuera. Anatole se quedó allí durante un instante más y luego se puso de pie bruscamente, agarró la ropa desperdigada y desapareció en el baño.

Christine se vistió también a su vez rápidamente con unos vaqueros y un suéter ligero. Se atusó con premura el pelo que le caía sobre los hombros. Y cuando se dio la vuelta vio a Anatole salir del baño con la ropa de la noche anterior, pero solo la camisa y los pantalones. Tragó saliva. Estaba... increíblemente sexy. No podía apartar los ojos de él. Sintió que se le aceleraba el pulso y se le sonrojaban las mejillas.

Él vio su reacción y sonrió.

–¿Lo ves?

Fue lo único que dijo. Lo único que necesitaba decir. Se acercó a ella y Christine retrocedió asustada.

–No, Anatole. No permitiré que me hagas esto...

Alzó las manos en un gesto defensivo. Él se detuvo y le cambió la cara. Cuando habló había frustración en su voz y al mismo tiempo desafío.

–No puedes ignorar lo que ha pasado, Tia.

–¡No soy Tia! Ya no soy esa persona y nunca volveré a serlo.

El grito de su propia voz y su vehemencia la sobresaltaron. Dio la impresión de que a Anatole también. Entornó los ojos y durante un instante no dijo nada. Se limitó a mirar el rostro pálido de Christine. Vio cómo le temblaban las manos que tenía en alto.

–No –afirmó con tono calmado–. No eres Tia. Eso

ya lo he aceptado. He aceptado que eres Christine Kyrgiakis... la señora de Vasilis Kyrgiakis.

Escuchar aquellas palabras le hizo dar un respingo.

–La viuda de mi tío. La madre de su hijo. La madre
de mi primo –Anatole hizo una pausa como para com-
probar cómo reaccionaba–. Te he dejado claro mi punto
de vista, Christine –recalcó el nombre de la mujer que
era ahora, la mujer que siempre sería–. Y te he dado las
razones por las que deberíamos casarnos. Y creo que lo
he hecho con algo más que palabras.

Anatole alzó entonces una mano como si ella hubiera tratado de interrumpirle.

–Pero por ahora lo dejaré estar. De verdad, entiendo
que necesitas tiempo para acostumbrarte a ello. Tiempo
para aceptarlo. Para verlo como algo tan inevitable
como lo veo yo –aspiró con fuerza el aire y cambió de
tono–. Pero por ahora el tema está cerrado. Lo acepto.

Se dio la vuelta y agarró la cazadora que había ti-
rado la noche anterior sobre la silla sin ningún cuidado,
y luego volvió a mirar a Christine.

–Ahora me voy para mantener las apariencias. Sé
que es importante para ti ahora mismo –no había doble
intención en sus palabras–. Pero volveré luego. Tenemos que recoger a Nicky. Y, por favor, no me digas que
no te acompañe. Si no voy se sentirá decepcionado.

Ella asintió con la cabeza. Le pareció más fácil que
contestar a sus palabras. Lo único que deseaba desesperadamente era que se marchara de allí, poder por fin
colapsar en un estado de agotamiento físico y mental.
No quería pensar en aquel momento. Ni nunca.

Pero le resultó imposible no hacerlo durante el resto
del día, y cuando Anatole regresó por la tarde, como

dijo que haría, sintió una punzada de emoción cuando sus miradas se encontraron.

Durante un instante sintió como si hubiera sido transportada hacia atrás en el tiempo y se vio animada a hacer lo que siempre hacía de manera automática y espontánea: correr a sus brazos.

Pero la mirada de Anatole se nubló y el momento pasó. La ayudó a entrar en el coche e hizo algún comentario sobre el tiempo al que ella respondió acorde. Charlaron de cosas sin importancia durante el breve trayecto a casa de los Barcourt, y Christine se dijo a sí misma que lo agradecía. Y agradeció todavía más que aparecieran todos los Barcourt para recibirlos hablando a la vez.

Nicky estaba deseando contarles a los dos lo que había hecho aquel día.

–¡He montado en poni! ¿Puedo tener un poni? ¿Puedo? –suplicó mirando a Anatole y mirando a Christine alternativamente.

Ella sintió una punzada en el corazón al ver a su hijo dirigirse a ambos. Como si los hubiera aceptado como una unidad. Se puso tensa y Elizabeth Barcourt se dio cuenta. La apartó a un lado mientras Anatole se agachaba para ponerse al nivel de Nicky mientras el niño le contaba emocionado su paseo en poni.

–Querida, me alegro de que Anatole pueda pasar tiempo contigo. Cuanto más, mejor –miró a Christine y luego a Nicky–. Se lleva de maravilla con él. Se podría pensar incluso que...

Se detuvo como si se hubiera dado cuenta de que había dicho demasiado y luego se apartó para hacer callar a sus ruidosos nietos diciéndoles que Nicky tenía que irse a casa.

Cuando finalmente se marcharon, el pequeño no

paraba de hablar de cachorros, caballos y lo bien que se lo había pasado con los otros niños.

–Voy a hacer un dibujo de un poni y un cachorro –anunció cuando llegaron con un gran bostezo, indicando que había dormido poco con toda la emoción.

–Primero tienes que bañarte –afirmó Christine. Y tuvo un momento de vacilación.

Quería decirle a Anatole que había llegado el momento de que se fuera y la dejara a solas con su hijo, pero la vacilación fue un error.

–Sí, hay que bañarse. Te echo una carrera hasta arriba –le propuso Anatole a Nicky con una sonrisa.

El niño soltó un grito de emoción y corrió escaleras arriba con Anatole pisándole los talones... y Christine detrás de ellos a un paso mucho más lento.

De acuerdo, entonces bañarían a Nicky, lo acostarían y luego le diría a Anatole que tenía que irse. Estaba completamente decidida. Porque de ninguna manera iba a pasar la noche allí.

Una hora más tarde, con Nicky acostado y dormido casi al instante, Christine bajó las escaleras con Anatole. Al llegar abajo se detuvo y se dio la vuelta.

–¿Te quedas en la posada esta noche o te vas a Londres? –preguntó negándose a admitir ninguna otra posibilidad.

Anatole la miró con expresión algo taimada, como si supiera por qué le estaba diciendo aquello.

–Antes no me rechazabas tanto –dijo.

La expresión de sus ojos, la caricia abierta de su voz, provocaron que se le sonrojaran las mejillas.

–Antes era una persona distinta –afirmó.

Anatole sacudió vigorosamente la cabeza para negarlo.

–Sigues siendo la misma persona. Te llames Tia o

Christine, sigues siendo ella. Y anoche me lo demostraste, y te lo demostraste a ti misma. ¿Por qué negarlo? ¿Por qué negar que nuestro matrimonio podría funcionar?

Su voz volvió a ser como una caricia.

—Anoche fue una demostración de lo viva que está la llama entre nosotros. Ardemos el uno por el otro. Siempre ha sido así. Y lo sabes.

Christine alzó la barbilla y lo miró a los ojos. Tenía que decirle lo que tenía que decirle. Lo que él necesitaba oír.

—Por supuesto que lo sé, Anatole. ¿Cómo no iba a saberlo? —sacudió la cabeza—. Pero escúchame bien: no puedo dejarme cegar por la pasión. Y tú tampoco. Un matrimonio no puede construirse solo con pasión, ni en el deseo de querer formar una familia por el bien de Nicky.

Anatole apretó los labios como si quisiera controlar sus palabras, sus emociones. Unas emociones que le atravesaban como nunca antes. La miró a los ojos.

—Entonces, ¿en qué debe basarse un matrimonio según tú? Dime qué más hace falta.

Christine le miró con una gran tristeza.

—Anatole, el hecho de que tengas que preguntarlo me hace ver lo imposible que es que seamos un matrimonio.

—¡Dime! —la urgió él.

Christine cerró los ojos un instante y sacudió la cabeza antes de volver a abrirlos. Le miró con las facciones distorsionadas.

—No puedo —aseguró haciendo una pausa, como si le costara mucho trabajo hablar—, pero lo sabrías si...

Se detuvo y se dio la vuelta caminando con paso poco firme hacia la puerta. La abrió para que Anatole se fuera. El matrimonio era para ellos algo tan imposi-

ble como cuando pensaba que estaba viviendo en un cuento de hadas.

Se giró hacia él. Anatole no se había movido. Solo la miraba fijamente.

Christine le sostuvo la mirada.

—Anatole, por favor... —indicó la puerta abierta.

Él se dirigió hacia allí y se detuvo a su lado.

—Haríamos una buena pareja —afirmó—. Nos tendríamos el uno al otro y a Nicky. Y tal vez un hijo nuestro algún día.

Christine sintió un nudo insoportable en la garganta.

—¡Vete de una vez, Anatole! Márchate y déjame en paz.

Cerró la puerta tras él sin importarle haberle echado de allí con cajas destempladas. Luego apoyó la espalda en la puerta que le había cerrado, echándole de su casa y también de su propia vida.

«Un hijo nuestro...».

Volvió a sentir el nudo en la garganta. Aquello era lo que Christine había deseado mucho tiempo atrás, antes de que el polvo de oro que había caído como una fina lluvia sobre su vida se convirtiera en amargas cenizas.

Subió las escaleras lentamente para darle un beso de buenas noches a su hijo que dormía.

La única persona a la que podía permitirse querer.

Capítulo 11

QUERIDA, qué alegría volver a verte. ¿Cómo estás?

La mujer del vicario le dio la bienvenida a la vicaría, donde su marido le ofreció un jerez seco.

–Echo de menos mi reunión semanal con Vasilis –dijo el hombre cuando Christine les comentó que tanto Nicky como ella estaban bien.

La gente seguía preguntándole cómo se encontraba, y Christine respondía siempre lo mejor que podía. Pero le resultaba difícil. ¿Cómo iba a decirle a la gente que Anatole le había pedido en matrimonio para que Nicky tuviera una familia? Una oferta que no podía aceptar por muy tentadora que resultara.

Aquella tentación seguía todavía en su cabeza incluso ahora, a pesar de lo que sentía, de lo que se había repetido a sí misma sin cesar durante el interminable mes que había transcurrido desde que Anatole se había marchado la última vez.

Había sido un mes lleno de angustia y remordimientos por lo que había hecho. Un mes echando de menos a Anatole.

Y aquello era lo peor de todo, la señal más peligrosa que le decía lo que no quería saber. Deseaba quitárselo de la cabeza, pero le resultaba imposible. Y todo era peor porque Nicky no paraba de nombrarle, de preguntar constantemente cuándo volvería.

–Quiero que vuelva –le había dicho lloroso varias veces.

Y Christine y la niñera trataron de animarle. El verano se acercaba y hacía buen tiempo como para ir a pasar un día a la playa.

–Pero yo quiero que venga también el primo Anatole –fue la única respuesta de Nicky–. ¿Por qué no puede venir?

Christine lo hizo lo mejor que supo.

–Tu primo tiene mucho trabajo, cariño... muchas cosas que hacer. Tiene que volar a otros países...

–Podría volar aquí –respondió Nicky mirando a su madre–. Podría vivir aquí. Dijo que iba a cuidarme, que mi *pappou* le había dicho que lo hiciera.

Se le descompuso el rostro y a Christine se le rompió el corazón.

Si se casara con Anatole...

¡No! Era una locura pensar siquiera en ello. Peor que una locura. Sería sentenciarse a sí misma a una vida de angustia.

Pero tenía que condenar a cambio a su querido hijo a echar de menos a Anatole.

Cuando llegó la primera postal, se sintió agradecida. Era de París. Anatole había escrito por detrás:

¿Por qué no me pintas una Torre Eiffel contigo y conmigo en lo más alto?

Nicky fue corriendo entusiasmado a buscar sus pinturas.

Fueron llegando más postales, una cada semana, de diferentes partes del mundo. Y ahora el mes se había convertido en seis semanas. Seis interminables semanas.

La inminente llegada a casa del cachorro de Nicky era una fuente de alegría, y también que Giles le estuviera enseñando a montar, tal y como había prometido. Igual que el día de puertas abiertas de la escuela a la que iba a empezar a ir en otoño.

Conoció allí a otros niños que iban a ser sus compañeros de clase, y Christine organizó algunos encuentros para que jugaran. Pensó incluso en llevarse a Nicky una semana de vacaciones fuera, tal vez a algún parque temático.

No sabía. No era capaz de tomar decisiones. Ni de pensar. Lo único que podía hacer era dejar que fueran pasando los días uno detrás de otro y sentirse cada vez más desesperada y angustiada.

¿Así iba a ser su vida a partir de ahora? Le parecía muy solitaria sin Anatole.

«¡Le echo de menos!».

El grito surgió de lo más profundo de su ser y la atravesó con intensidad. Trató de pensar en Vasilis, utilizar su reconfortante recuerdo para aislarse... pero Vasilis se iba desvaneciendo. Su presencia en la casa y en su vida no era más que un eco lejano. Solo había un hombre en el que podía pensar. El único que no podía tener. El hombre al que había echado y al que echaba de menos más y más cada día.

Anatole estaba de regreso en Atenas. Había pasado semanas volando de una ciudad a otra sin descanso movido por la frustración y la necesidad de mantenerse ocupado para no pensar en lo que había dejado atrás.

Las únicas veces en las que se permitía pensar en ello era cuando se detenía en los aeropuertos para enviarle una postal a Nicky. Pero no quería pensar demasiado en

él. Y mucho menos en Christine. Así que se centró en lo que había ido a hacer a Atenas.

Frunció el ceño. Tanto su padre como su madre habían exigido que los visitara, y ambas ocasiones fueron horribles. Su padre quería divorciarse otra vez y buscaba la manera de saltarse el acuerdo prematrimonial que había firmado precipitadamente, y su madre quería recuperar una villa en los lagos italianos que había perdido a manos de uno de sus ex.

Anatole no estaba interesado en ninguna de las dos demandas ni en las invitaciones sociales que habían caído sobre él. No quería conocer a más mujeres que buscaran casarse con él, como siempre sucedía. Estaba más que harto de aquello.

No quería estar allí. No quería que aquellas personas formaran parte de su vida.

Ni las mujeres que intentaban captar su interés ni los parásitos de sus padres, que solo se ponían en contacto con él cuando necesitaban algo y el resto del tiempo ignoraban que existía. Y mientras se dirigía de regreso a su apartamento supo con una certeza inexorable que solo había un sitio en el que había querido estar durante las seis semanas que llevaba viajando de un lado a otro.

Salió a la terraza y el calor de la ciudad de noche le asfixió. Aspiró con fuerza el aire y un recuerdo le atravesó. El de una terraza distinta en una azotea de Londres repleta de plantas... y una voz dulce emitiendo una exclamación de admiración.

Una voz dulce que había vuelto a gritar de placer cuando ambos alcanzaron el éxtasis una vez más después de tantos años. La misma voz que poco después le echó de allí con mucha menos dulzura.

Anatole sintió como si le atenazaran la garganta. Ya había perdido a Christine una vez por culpa de su pro-

pia ceguera. Ahora la había perdido de nuevo y no podía soportarlo.

«Tengo que volver a verla. Tengo que intentarlo de nuevo. No puedo rendirme. Quiero formar una familia con Nicky y con ella».

¿Y por qué no quería Christine lo mismo? ¿Cuál podría ser el impedimento? Sus palabras le cruzaron la mente como un fantasma.

«Lo sabrías si...».

¿Qué había querido decir? ¿Qué deseaba que él no le estaba ofreciendo? No lo entendía. Se sacudió aquellos pensamientos, estaba impaciente por marcharse de allí y salvar la distancia que lo separaba de Nicky y de ella.

En cuestión de horas aquellos kilómetros desaparecieron, y mientras salía de Heathrow hacia el sur, hacia la campiña, sintió por primera vez desde que salió de allí que los pulmones se le llenaban de aire y podía respirar mejor.

Christine se dio la vuelta en las puertas de hierro al escuchar el ruido de unos neumáticos en la gravilla. Acababa de recoger a Nicky de otra clase de equitación en casa de los Barcourt y al girarse vio el coche plateado. Sintió que se le encogía el estómago y se le aceleraba el pulso. Anatole salió del coche y saludó con la mano.

Nicky salió corriendo hacia él gritando de alegría y Anatole lo subió en brazos.

–¡Eh, cada vez pesas más, jovencito –exclamó feliz alborotándole el pelo antes de dejarlo en el suelo–. Hola –saludó a Christine con tono natural–. Siento haber aparecido sin avisar, espero que no sea un problema. Tengo una reserva en la posada.

No quería darle ninguna razón para que volviera a

echarle de allí. No quería asustarla. Ella asintió sin decir nada, sintiéndose algo aliviada. Estaba intentando recuperar la compostura, pero le resultaba imposible.

Anatole iba vestido de manera informal. Vaqueros de marca y un suéter. Tenía un aspecto completamente relajado, y Christine sintió que el corazón empezaba a latirle con fuerza.

—¡Ven a jugar conmigo! —le pidió Nicky a Anatole tirándole de la manga—. He estado montando y he cepillado a Bramble. ¡Giles dice que pronto podré saltar!

—¿Ah, sí? —Anatole sonrió y se centró en el niño.

No quería volver a mirar a Christine. No habría sido inteligente. Estaba... preciosa, con el pelo retirado de la cara con un pañuelo, falda veraniega azul y blusa amarillo claro. Tenía las piernas al aire y calzaba alpargatas.

Christine los vio entrar de la mano en la casa y sintió como si una apisonadora le hubiera pasado por encima. Entró a su vez por la cocina para buscar a la señora Hughes y decirle que Anatole se iba a quedar a cenar y luego corrió a encerrarse en su dormitorio. El corazón le latía con fuerza dentro del pecho.

Sabía que no podía mantener a Anatole apartado de la vida de Nicky indefinidamente, pero tampoco se sentía capaz de soportar que apareciera de aquella manera, volviendo una y otra vez su vida del revés.

Dirigió la mirada de forma involuntaria hacia la cama, la cama en la que había hecho el amor con Anatole. Se mordió el labio inferior como para apartar de sí aquel recuerdo que no podía permitirse y se dirigió al cuarto de baño.

Tenía las mejillas demasiado calientes. Y solo se debía a una causa...

Cuando la señora Hughes avisó que la cena ya estaba lista, para Christine fue como un *déjà vu*. Recordó

la primera vez que Anatole se invitó a sí mismo. Parecía que hubieran pasado años de aquel momento.

Nicky, que ya se había bañado y tenía el pijama puesto, le estaba diciendo a Anatole que habría pasta para cenar. Anatole le respondió que habría hígado y espinacas.

–¡No, no! –exclamó el pequeño–. ¡Eso para ti!

Christine intervino para pedirle que se calmara. No era sensato que se excitara demasiado. Pero tampoco lo era estar allí cenando con su hijo y con Anatole, ¿verdad? Era lo opuesto a la sensatez.

Pero ¿cómo iba a privar a su hijo de algo que tanto disfrutaba? Y, si aceptaba la propuesta de Anatole, aquella podría ser su vida...

Vio durante un instante cómo caía el polvo de oro sobre la escena. Ella y Anatole, Nicky con ellos día tras día. Una familia. Un cuento de hadas hecho realidad.

En su mente surgieron de nuevo las palabras que había dicho Elizabeth Barcourt: «Se lleva de maravilla con Nicky. Se podría pensar incluso que...».

¡No! Dejó caer la guillotina y se dispuso a ayudar a la señora Hughes.

Igual que la otra vez que Anatole había cenado allí, el ama de llaves volvió a mostrarle el vino para que diera su aprobación. Había ocupado el lugar de su tío.

Vasilis parecía ahora muy lejano, y a Christine le dolió darse cuenta de lo lejano que le resultaba su matrimonio. Como si ya lo estuviera dejando atrás.

–Estás pensando en mi tío, ¿verdad?

La voz de Anatole sonó calmada y la miró a los ojos en cuanto la señora Hughes salió del comedor.

Ella asintió y parpadeó. Luego sintió una ligera presión en el brazo. Anatole se había inclinado hacia delante y le rozó suavemente la manga con la mano. Fue

un gesto sencillo, pero hizo que Christine le mirara confundida. Había algo en sus ojos que no había visto nunca antes.

Algo que le creó un nudo en la garganta.

Sus miradas se quedaron enlazadas durante un instante.

–*Mumma*, ¿puedo empezar a comer? –la voz de Nicky interrumpió el momento.

–Sí, pero antes bendice la mesa –contestó Christine sonriendo a su hijo.

Nicky obedeció con una expresión angelical en el rostro y las manos unidas en gesto de oración. Luego todos se dispusieron a comer, Nicky su pasta y Anatole y ella un delicioso pollo en pepitoria. Christine le dio un sorbo a su copa de vino y sintió la diferencia entre aquella cena y la primera vez que Anatole apareció por allí.

Ahora era todo mucho más fácil. Mucho más natural. Como si lo adecuado fuera que estuviera allí.

Sintió el tirón como una marea poderosa. Una marea poderosa de abrumadora tentación. Pero si se dejaba llevar...

Apartó su mente de aquellos pensamientos y se centró en el presente, en la cháchara de Nicky, en las respuestas naturales de Anatole.

Cuando terminó la cena, Nicky empezó a bostezar. Lo llevaron a la cama entre los dos y luego se dispusieron a bajar.

La bendición en griego que Anatole le había murmurado una vez al niño cuando dormía volvió a resonar en la cabeza de Christine. Y como si estuvieran conectados, Anatole dijo:

–¿A qué acuerdos se han llegado para asegurarse de que Nicky sea bilingüe? Estoy seguro de que es lo que Vasilis habría querido. Yo por supuesto haré todo lo

que pueda, pero si solo vengo de visita de vez en cuando puede que pierda lo que ya tiene.

No había crítica en su voz, solo interés.

Christine asintió, reconociendo su preocupación.

—Sí, hay que hacer algo —sonrió levemente—. Nuestro vicario le prometió a Vasilis que le enseñaría a Nicky griego clásico en unos años, pero eso no será suficiente, lo sé. Yo puedo enseñarle el alfabeto moderno, pero nada más. Tal vez... —le miró con cautela— tal vez puedas chatear con él con regularidad por Internet y aconsejarle algunos libros infantiles en griego que pueda leer.

Tenía que aprender a vivir en armonía con Anatole. Pasara lo que pasara, no podía negarle aquello.

Su mente se disipó, no quería pensar en el resto de su vida con Anatole interactuando con Nicky a lo largo de los años. Era demasiado doloroso.

Así que siguió hablando.

—Podría hablar con el director del colegio, a ver si puede recomendarme algún profesor de griego moderno cuando empiece el colegio en septiembre.

—¿Colegio? —Anatole frunció el ceño.

—Sí. Vasilis lo matriculó en una escuela cercana. Es la misma a la que fue Giles Barcourt. Muy tradicional y muy prestigiosa. A los dos nos gustó cuando fuimos a visitarla, y también a Nicky. Está deseando empezar.

—¿Es un internado? —la voz de Anatole sonó áspera.

Christine se lo quedó mirando.

—¡Por supuesto que no! No se me ocurriría ni en sueños enviarlo a un internado. Si quiere ir cuando sea adolescente ya hablaremos, pero por ahora desde luego que no.

Vio cómo a Anatole se le relajaba la cara.

—Lo siento, es que... —hizo una breve pausa antes de

continuar– a mí me mandaron a un internado cuando tenía siete años. Era una molestia para mis padres y querían librarse de mí.

En su voz había aspereza. Más que eso: dolor.

Christine le tocó el brazo cuando llegaron al vestíbulo.

–Oh, Anatole, eso es horrible –murmuró con tono de simpatía.

Anatole se rio sin ganas.

–En cierto modo, Vasilis se preocupó más por mí a su manera abstracta que mis padres. Tal vez por eso quiero formar parte de la vida de Nicky –murmuró sin mirarla, como si estuviera hablando consigo mismo–. Para poder ser para el hijo de Vasilis lo que él fue para mí. Pero hay algo más...

Dirigió la mirada hacia ella. En sus ojos había una expresión velada.

–Quiero estar con los dos, Christine. Con Nicky y contigo. Y eso no va a cambiar.

Le sostuvo la mirada y Christine vio en sus ojos la razón por la que estaba allí. Hizo un esfuerzo por no apartar la vista y por hablar.

–Y mi respuesta tampoco, Anatole –afirmó con voz decidida, aunque por dentro estaba sacudida por las emociones.

Una expresión frustrada cruzó las facciones de Anatole.

–¿Por qué? ¡Tiene todo el sentido que nos casemos!

Christine tenía un nudo en la garganta y se agarró las manos al dirigirse de nuevo a él.

–Tenía sentido que me casara con Vasilis. Al menos... en su momento me lo pareció –aspiró con fuerza el aire–. No volveré... no volveré a casarme por la misma razón.

Y menos con Anatole, sobre quien en el pasado lanzó polvo de oro y se lo devolvió convertido en cenizas.

Christine alzó las manos en un gesto de rechazo. Anatole sintió el impulso de acercarse a ella, intentar convencerla. Se sintió frustrado.

Pero ella empezó a hablar otra vez y no le dejó replicar.

—Por favor, Anatole —ahora había un tono tenso en su voz y había torcido el gesto—. Por favor. No puedo casarme contigo para que Nicky tenga una familia. No puedo y no lo haré —suspiró—. Estamos andando en círculos. No sé qué quieres.

—Y dime, ¿qué quieres tú? —le espetó él movido por la frustración.

Pero estaban atrapados en aquel círculo vicioso y Christine hizo lo que siempre hacía.

Vio cómo se dirigía a la puerta y la abría para invitarle a marcharse. Para echarle de su vida una vez más. Como siempre hacía desde el momento en que lo dejó para casarse con su tío.

Anatole se dirigió a la puerta con paso lento, sintiendo como si toda la gravedad del universo cayera sobre él.

—¿Puedo venir mañana de visita? —las palabras le salieron bruscas, aunque aquella no había sido su intención.

Ella asintió. Nicky esperaría que así fuera y lo estaba deseando. ¿Cómo iba a negarle a su hijo aquella alegría?

¿Cómo iba a privarle de lo que Anatole le estaba ofreciendo?

La tentación se le deslizó por las venas como una serpiente.

–Gracias –dijo él en voz baja.

Se detuvo en el umbral y la miró. Podía escuchar detrás de ella el reloj de pared del abuelo marcando el tiempo, marcando sus vidas. Sus vidas separadas. La idea le producía angustia.

Esbozó una débil sonrisa y le dio las buenas noches a Christine. Salió a la noche de verano y escuchó un búho a lo lejos en el bosque mientras aspiraba el aroma de las madreselvas.

Christine le vio partir desde el umbral. Vio cómo el coche salía con los faros atravesando la oscuridad, trazando un camino de luz. Y entonces desapareció. Una vez más.

¿Así iba a ser su vida a partir de ahora, con Anatole llegando y marchándose? ¿Pasando tiempo con ella solo para ver a Nicky, viéndole crecer a medida que pasaban los años? ¿Cómo iba a poder soportarlo?

Escuchó el sonido del reloj marcando los segundos en el silencioso vestíbulo, los meses, los años por delante.

Sintió un sollozo que le subió por la garganta y se dio la vuelta para entrar de nuevo en la casa. Cerró la puerta.

Estaba sola una vez más.

Capítulo 12

ANATOLE estaba al lado de la ventana abierta de su dormitorio mirando el jardín vallado de la posada. El amanecer se despertaba anunciando un nuevo día. Pero no una nueva esperanza.

Tenía una expresión sombría y adusta. El viaje había sido en vano. No tenía sentido haberlo hecho. Christine había vuelto a rechazarle. Le había dicho que siempre le rechazaría.

No quería estar con él.

Aquella era la clave. Su rechazo. Le había rechazado cuando le dejó para casarse con Vasilis. Y seguía rechazándole.

Una sonrisa amarga le asomó a los labios. Debería estar acostumbrado al rechazo. Ni siquiera sus propios padres le querían.

Apartó la mente de aquel antiguo dolor. ¿Por qué pensaba en aquello ahora? Siempre había sabido que no era importante para ellos. Había aprendido a aislarse de aquella sensación. A ignorarla. Siempre había vivido sin amor. Sin querer amor.

Frunció el ceño. ¿Por qué perder el tiempo pensando en sus padres? No eran importantes para él. Lo que le importaba era Tia. Tia y su hijo, Nicky.

La expresión se le relajó al recordar lo maravilloso que había sido pasar la velada con su primo, dejarse

absorber por su mundo. ¿Qué era aquella emoción que lo atravesaba, aquella alegría tan intensa? Nunca antes había sentido nada parecido.

Y la emoción se intensificó cuando pensó en Christine, tan bella, tan maravillosa y tan querida para él.

¿Cómo iba a vivir sin ella? ¿Sin los dos?

No podía. Era imposible. Los necesitaba para respirar, para que el corazón le siguiera latiendo.

La expresión le cambió mientras miraba hacia el jardín en penumbra. ¿Por qué los necesitaba tanto? ¿Por qué le poseía aquella emoción tan protectora cuando estrechaba a Nicky entre sus brazos, o cuando miraba a Christine?

Entonces escuchó su propia voz gritando en silencio en su interior.

«¡Dímelo, Tia! Dime qué siento por Nicky y por ti».

Y entonces la oyó responderle con aquellas palabras que a él le habían resultado tan confusas cuando las escuchó.

«Lo sabrías si...».

Escuchó entonces las palabras que completaban lo que ella no había llegado a decir.

«Si lo sintieras».

Lenta, muy lentamente, las dos frases se unieron, fusionándose.

«Lo sabrías si lo sintieras».

Y de pronto, surgida de la nada, de una ausencia en su ser que había estado allí toda su vida, se sintió lleno: lleno de una oleada de certeza. De entendimiento, de comprensión.

Por eso necesitaba a Christine para que el corazón le siguiera latiendo. Por eso la necesitaba para respirar.

Aquella era la emoción que sentía. La emoción que conocía porque la estaba sintiendo. Una emoción que no

había experimentado nunca porque nadie la había sentido por él. Nadie le había enseñado a reconocerla.

Anatole se quedó allí de pie atrapado en el asombro. Seguía mirando hacia el jardín, que comenzaba a llenarse del dorado sol del amanecer.

Y mientras el mundo se tornaba dorado a su alrededor, llenándole a él también de oro, supo que solo había algo que debía hacer en aquel momento. Encontrar a Christine y decírselo.

«Lo sabrías si...».

Se sintió invadido por la felicidad y la gratitud. Bien, ahora que lo sabía había llegado el momento de contárselo a ella.

Se apartó de la ventana y corrió a vestirse.

Christine estaba desayunando en la pequeña terraza de piedra que había detrás de su salita de estar con Nicky enfrente. La niñera estaba en su cuarto haciendo el equipaje para pasar el fin de semana con su hermana. Hacía una mañana cálida y el jardín estaba lleno de sol y de cantos de pájaros, enriquecido con el aroma y el color de las flores.

Nicky estaba hablando de lo que podían hacer aquel día cuando llegara Anatole.

–¿Podemos ir otra vez al parque ese? ¿Podemos? ¿Podemos? –preguntó con ansia.

–No lo sé, cariño. Vamos a esperar y veremos –lo calmó.

Tenía el corazón dividido. Por un lado debía reprimir el deseo irrefrenable de volver a ver a Anatole, de comérselo con la mirada. Pero si se dejaba llevar podría romperla. Si se entregaba a lo que deseaba hacer solo obtendría dolor y angustia.

Debía aprender a controlarse, a manejar lo que a partir de ahora sería su vida. Tenía que aprender a ver a Anatole entrar y salir cada vez que fuera a visitar a Nicky en los años venideros, años que se estiraban como una tormenta ante ella, deseando lo que nunca podría tener.

Agarró la taza de café para llevársela a la boca y se quedó a mitad de camino. Anatole estaba cruzando el jardín en dirección hacia ella. Clavó la mirada sin poder evitarlo en su cabello revuelto, en la cazadora de cuero que se había puesto encima del suéter azul oscuro y en las fuertes piernas embutidas en los vaqueros humedecidos por el rocío del jardín.

Se acercó a ellos. Nicky estaba de espaldas y no lo vio.

Anatole la miró y Christine vio en sus ojos un destello de algo que no había visto nunca antes. Pero al instante desapareció sin que tuviera tiempo de preguntarse de qué se trataba. Solo supo que cuando apartó la mirada experimentó una desolación tan grande que sintió ganas de llorar.

Anatole le tapó los ojos a Nicky y esbozó una sonrisa traviesa.

—¿Quién soy?

El niño se retorció feliz, le quitó las manos a Anatole y se levantó corriendo de la prisa para abrazarse a sus piernas, aunque se apartó al instante.

—¡Estás todo mojado! —dijo indignado.

Anatole se agachó para abrazarle. El corazón le latía con fuerza, y no solo por el largo paseo que se había dado.

—He venido andando —explicó— y el campo está húmedo.

Christine se lo quedó mirando.

–¡Pero hay ocho kilómetros de distancia! –exclamó.

Anatole se limitó a encogerse de hombros y se rio.

–Hace una mañana preciosa... ha sido una delicia caminar –apartó una de las sillas de hierro de la mesa y se sentó–. Mataría por un café –dijo.

Un recuerdo atravesó a Christine. Había utilizado las mismas palabras cinco años atrás, cuando se la llevó al apartamento de Londres.

Se puso de pie con gesto paralizado.

–Voy... voy a prepararlo –dijo. Tenía las emociones a flor de piel debido a su inesperada llegada a aquellas horas tan tempranas.

Una vez en la cocina intentó calmarse. ¿Por qué le latía el corazón con tanta fuerza cada vez que lo veía?

Hizo un par de respiraciones profundas y cuando volvió con el café recién hecho, una tostada y un par de cruasanes calientes se sentía menos agitada.

Pero al mirar a Anatole sentado a la mesa con Nicky riendo y charlando volvió a sentirse muy débil porque sabía que sus esfuerzos por intentar controlar aquello resultaban inútiles.

–¡Vamos a ir a la playa! ¡Vamos a ir a la playa! –exclamó su hijo emocionado.

–¿A la playa? –repitió ella con aire distraído. La cabeza le daba vueltas.

–Podemos pasar el día allí –Anatole sonrió. Y entonces cambió de expresión–. Si a ti te parece bien...

Ella asintió. Ahora que había salido la palabra «playa» resultaría imposible retirarla sin que Nicky se echara a llorar.

–Voy a preparar las cosas de playa –dijo.

Pero Anatole la agarró suavemente del brazo.

–No tengas prisa –le dijo.

Aspiró con fuerza el aire y la miró a los ojos. En

ellos vio el mismo destello que antes la había atrapado tan poderosamente. Sintió que se ponía tensa. Algo había cambiado en él, pero no sabía qué.

Entonces, Anatole se giró hacia Nicky.

–¿Por qué no subes y le dices a Ruth que vamos a ir a la playa? –le pidió animándole con el tono de voz.

Nicky salió corriendo emocionado.

Anatole se giró hacia Christine, y durante un segundo hubo un silencio total que llenó el espacio entre ellos. Y luego habló.

–Necesito hablar contigo –dijo.

Había un tono de intensidad en su voz, en su expresión, que la dejaron paralizada.

–¿De qué se trata? –preguntó Christine alarmada.

–¿Podemos pasear por el jardín? –preguntó a su vez Anatole.

Ella asintió con la cabeza y Anatole se puso a su lado.

Estaba muy nervioso. Había muchas cosas en juego. Toda su vida dependía de aquel momento.

–Anatole, ¿qué pasa?

La voz de Christine atravesó sus agitados pensamientos. En su tono había una clara ansiedad.

Él no respondió hasta que cruzaron el jardín hasta la pequeña arboleda bañada por el sol donde había un banco de madera rústico. Christine se sentó y él hizo lo mismo. Quería tomarle la mano, pero no se atrevió. El corazón le latía con fuerza dentro del pecho.

Ella tenía los ojos clavados en su rostro, abiertos de par en par.

–Anatole... –volvió a decir con un hilo de voz.

Algo iba mal. El mismo temor que la había asaltado aquella terrible mañana en la que tuvo que decirle que creía estar embarazada le subió por la garganta.

–Christine –aspiró con fuerza el aire. Quería mirarla, pero al mismo tiempo no, así que clavó la vista en el tronco de uno de los árboles–. Anoche... anoche me dijiste que nunca te casarías conmigo solo porque fuera lo lógico para formar una familia con Nicky. Y aquella otra mañana... –hizo una breve pausa– dijiste que tampoco lo harías porque estuviéramos bien juntos.

No hizo falta que explicara más. El sonrojo de sus mejillas le hizo ver que no era necesario.

–Me dijiste que solo había una razón por la que volverías a casarte. Y que yo lo sabría si...

Hizo otra pausa y escuchó el canto de los pájaros en los árboles. Los sonidos de la vida lo rodeaban y el mundo se despertaba mientras él se arriesgaba a perder lo único que le importaba en la vida.

–Ahora lo sé –dijo en voz baja.

Sintió cómo ella se quedaba quieta a su lado. Completamente quieta, como si hubiera dejado incluso de respirar.

–Lo sé –repitió.

Giró la cabeza para mirarla. El rostro de Christine era una máscara, estaba completamente pálida. Tenía los ojos abiertos de par en par y había algo en ellos que Anatole no había visto nunca antes. Lo sintió como una puñalada en el corazón.

Pero estaba allí y lo pudo reconocer por primera vez en su vida, porque por primera vez en su vida él lo sentía también en todo su ser.

–Es amor, ¿verdad, Tia? –dijo su antiguo nombre sin pensarlo–. Amor –repitió–. Eso fue lo que dijiste que necesitábamos. La única razón para casarnos.

Anatole le acarició la suave mejilla con un dedo.

–Amor –dijo de nuevo.

Resultó extraño... tenía la punta del dedo mojada y

lo retiró. Entonces la vio parpadear y otra lágrima le resbaló despacio por la cara.

–No era mi intención hacerte llorar, Tia –murmuró con tono alarmado.

Pero ya era demasiado tarde. Un sollozo surgió de ella, un grito que llevaba gestándose cinco años.

Anatole la rodeó con sus brazos y la estrechó contra su cuerpo hasta que dejó de llorar. Luego se reclinó y le tomó las manos, apretándoselas como si no quisiera dejarla ir nunca.

–Te pido que me perdones –le dijo fusionando la mirada con la suya–. Por no saber. Por no entender lo que querías decir.

Le apretó las manos con más fuerza todavía.

–Te ruego que me perdones, pero no reconocí el amor porque nunca lo había conocido hasta ahora. Nunca lo había sentido.

Una sombra antigua cruzó por los ojos de Anatole.

–Dicen que tienen que habernos enseñado a amar –murmuró lentamente–. Y que aprendemos a amar siendo amados. Yo nunca aprendí esa lección tan importante.

Christine vio en su mirada algo que le encogió el corazón.

–Vasilis me habló un poco de tus padres –dijo con cuidado–. Eso hizo que te entendiera mejor, Anatole –esbozó una triste sonrisa–. Vasilis me hizo ver que yo quería de ti más de lo que podías darme. Me ayudó a aceptar que no podías sentir por mí lo que yo sentía por ti.

–¿«Sentía», en pasado? –preguntó él.

Christine le apretó con más fuerza las manos. La emoción la atravesaba como una tormenta, abrumándola con su poder. Pero debía encontrar la manera de decírselo.

–Me obligué a mí misma a desenamorarme de ti, Anatole. Tuve que hacerlo. No me quedaba elección. Tú no me amabas. No podías amarme. Y tuve que salvarme a mí misma. Y a...

Se detuvo. Entonces aspiró con fuerza el aire y siguió hablando con los ojos clavados en los suyos. Y le dijo lo que llevaba tanto tiempo guardado en el corazón.

–Me enamoré de ti cuando era Tia, Anatole. Sabía que era poco inteligente hacerlo, pero ¿cómo evitarlo cuando eras tan maravilloso conmigo, como un príncipe de cuento de hadas?

Christine apartó la vista un instante y cuando volvió a mirarle tenía un tono distinto. Sabía que debía decirle aquello también por muy difícil que fuera.

–Anatole, te juré que nunca había buscado deliberadamente quedarme embarazada de ti, pero... –aspiró con fuerza el aire– cuando pensé que lo estaba mi mayor deseo era que fuera verdad. Quería tener un hijo contigo porque... porque estaba segura de que entonces te darías cuenta de que tú también estabas enamorado de mí y querrías casarte conmigo y formar una familia.

Christine sintió de pronto temblores en las manos.

–Pero cuando hablaste conmigo y me dijiste a la cara que si aquello era lo que esperaba me olvidara porque nunca iba a pasar... entonces algo dentro de mí murió.

Anatole dejó escapar un gruñido de arrepentimiento.

–Menuda charla tan espantosa te solté –dijo con tono duro, pero dirigido a sí mismo–. No tengo excusa, pero... –hizo una breve pausa, le costaba trabajo encontrar las palabras adecuadas– solo puedo decirte que me daba terror convertirme en padre cuando el único que

he conocido, el mío, no estaba capacitado para serlo. Nunca quise ser padre porque me daba miedo ser tan mal padre como el mío. Pero ahora he cambiado, Tia. He cambiado completamente.

La voz de Anatole se suavizó.

—Conocer a Nicky, sentir esa emoción tan grande cada vez que lo veo... eso me demuestra lo mucho que he cambiado. Lo mucho que deseo ahora tener mi propia familia.

Ella asintió lentamente con la cabeza.

—Lo sé. De verdad, lo sé. Pero ¿entiendes ahora por qué tuve que rechazar lo que me ofrecías? Quería aceptar. Dios mío, me moría por decirte que sí... pero no me atreví.

Christine deslizó las manos de entre las suyas y cambió de postura alejando los hombros.

—Una vez te amé, Anatole, y te perdí. No me casé con Vasilis por amor pero... bueno, nos convenía a los dos. Lo único que tenía claro era que casarme contigo solo para darle una familia a Nicky sería el mayor error de mi vida. Volver a enamorarme de ti y para ti ser únicamente una madre para Nicky y una compañera de cama. Estar tan cerca del cielo y al mismo tiempo al otro lado de la puerta.

Anatole la giró hacia él poniéndole las manos en los hombros con delicadeza. Habló con voz firme y con una fuerza que le nacía del corazón.

—Yo haré que sea el cielo para ti, Tia. Mi adorada Tia. Mi Christine. Mi hermosa y adorada Christine. El amor que siento creará un cielo para ti. Para los dos.

Ella empezó a llorar de nuevo contra su pecho. Se le agarró y lo besó en las mejillas, en la boca, larga y dulcemente y con todo el amor que tenía guardado para él. Y que no quería volver a guardarse nunca más.

Anatole la abrazó, la acarició a su vez y luego se reclinó un poco hacia atrás.

—Un cielo para todos nosotros —continuó—. Nicky, tú y yo. Nicky, al que quiero como si fuera mío.

Ella se quedó muy quieta, como si todas las células de su cuerpo se hubieran convertido en piedra. Y luego dijo lo que tenía que decir.

Lenta, muy lentamente, fue escogiendo cada palabra con cuidado.

—Tengo que contarte por qué me casé con Vasilis.

Vio cómo se le contraía el rostro. Le escuchó reconocer lo que él también llevaba tanto tiempo negando.

—Me dolió —admitió—. Aunque en su momento no me di cuenta, solo estaba enfadado contigo porque me habías dejado para irte con él, me habías rechazado cuando yo todavía quería estar contigo. Bajo mis propias condiciones, sí, pero no quería dejarte marchar —tragó saliva—. Tú querías dejarme. Y ahora entiendo que lo que él podía ofrecerte era más de lo que podía ofrecerte yo.

Anatole aspiró con fuerza el aire y la miró a los ojos.

—Tú querías un hijo y Vasilis también. Así de sencillo.

Ella sacudió vigorosamente la cabeza.

—No, no. No fue así de sencillo. Dios, Anatole, no fue sencillo en absoluto.

La voz de Christine estaba cargada de emoción.

—Anatole... aquella mañana de pesadilla, cuando te dije que no estaba embarazada y tú me dijiste que no podía ocurrir nada semejante otra vez, bueno... —se le cerró la garganta, pero hizo un esfuerzo por seguir hablando—. Estaba tan asustada que me hice la prueba de embarazo que no había utilizado antes por temor. Sabía que no la necesitaba porque me había venido la regla,

pero estaba tan disgustada que quería confirmarlo de todas formas. Así que me hice la prueba...

Christine se detuvo. Sentía el corazón pesado como el plomo dentro del pecho.

–Dio positivo.

Se hizo un silencio. Un completo silencio. Incluso los pájaros se habían callado. Y entonces...

–No lo entiendo.

–Yo tampoco lo entendí –la voz le sonó como lejana–. Al parecer, no es tan raro, aunque en su momento yo no lo sabía. Se puede manchar incluso estando embarazada.

Anatole tenía la vista clavada en ella. Christine siguió hablando porque no tenía más remedio.

–Yo estaba aterrorizada. Sabía que tendría que contártelo cuando volvieras. Lo horrorizado que estarías. Y así fue como me encontró tu tío cuando llegó a comer con nosotros –dijo tragando saliva–. Fue tan amable, tan maravillosamente cariñoso conmigo... me sentó, me rogó que me calmara y me pidió que le contara la historia completa. Le dije que me había enamorado de ti pero que no era correspondida, cómo te habías sentido acorralado y obligado respecto a mí. Le dije que te amaba y que no quería obligarte a tener un hijo que no deseabas ni a casarte conmigo. Y entonces... hizo aquella sugerencia.

Christine cerró los ojos durante un breve instante.

–Me dijo que, dadas las circunstancias, yo necesitaba tiempo... tiempo para pensar, para aceptar lo que había sucedido. Para tomar una decisión. Decírtelo o criar al niño yo sola. Y entonces, como ya sabes, me llevó a Londres y allí vi a un médico que me confirmó el embarazo. Y entonces... –Christine miró a Anatole–. Entonces, con lo que le había contado yo y lo que él te conocía, me ofreció otra posibilidad.

Escuchó a Anatole hablar como si le llegara de muy lejos.

—Casarte con él para que pudiera criar a mi hijo... el hijo que yo no quería. Casarse con la mujer con la que yo no quería casarme.

La acusación de su voz, contra sí mismo, le resultó insoportable a Christine. El dolor le atravesó el corazón.

—Lo hizo por ti, Anatole —aseguró mirándole—. Para poder darle a tu hijo un hogar y una familia estable y amorosa, para darle a él y a mí, su madre, lo mejor.

La expresión de Christine cambió. Ahora había mucha tristeza.

—Sabía que no viviría para ver crecer a Nicky, que solo podría ser una figura temporal en su vida. Por eso, como te dije, para el niño era su *pappou*. Y por esa misma razón... —tragó saliva antes de seguir— sabía que algún día yo tendría que contártelo. En el momento adecuado.

Guardó silencio un instante.

—Y este es el momento adecuado, ¿verdad que sí? Por favor, Anatole, dime que sí —la voz de Christine se transformó en un susurro—. ¿Podrás perdonarme por lo que hice?

Anatole tenía una mirada desalentada.

—La culpa es solo mía —aseguró—. Yo solito me lo busqué.

—No podías evitar sentir lo que sentías... lo que no sentías —afirmó ella al instante.

Anatole le tomó las manos.

—Eres muy generosa, Tia, pero la culpa es mía. Que no te atrevieras siquiera a contármelo... —se detuvo con la cara contorsionada por la angustia.

Ella le apretó las manos.

–Por favor, Anatole. Lo entiendo. Y tal vez tendría que habértelo dicho. Tal vez debí ser más valiente. Te he privado de tu hijo...

Él la atajó.

–No me lo merecía.

Anatole la miró fijamente y ella vio el cambio. Pasó de acusarse a sí mismo a algo nuevo.

«Esperanza».

Christine le dijo las palabras que necesitaba escuchar.

–Pero ahora sí te lo mereces, Anatole –murmuró hablando desde el corazón–. Has llegado a quererle y eso es lo único que un niño necesita. Lo que tú nunca tuviste. Y ahora... ahora Nicky es tuyo –afirmó con la voz quebrada por la emoción–. Es tuyo para que le quieras como se merece ser querido.

Christine se puso de pie y le ayudó a levantarse aunque era muy menuda frente a su altura. Alzó la cabeza para mirarle sin soltarle las manos.

–Y también tendrás una esposa que te amará –dijo.

Levantó la boca hacia la suya y la mirada de Anatole se suavizó con una ternura que lo llenó todo de luz.

–Y tú tendrás un marido que también te amará –afirmó con dulzura.

Los labios de Anatole rozaron los suyos.

–Nicky es mi hijo –era una afirmación, una verdad que le pareció que abría el cielo y la gloria–. ¡Nicky es mi hijo!

Soltó una repentina exclamación de felicidad y le deslizó los brazos por la cintura, levantándola y dándole vueltas y vueltas antes de volver a dejarla en el suelo.

–Dios mío, ¿cómo es posible que exista tanta felicidad? Haber descubierto mi amor por ti, por Nicky... y

ahora enterarme de que tú también me amas y que ese niño al que tanto quiero es mi hijo.

Su expresión se hizo de pronto más grave.

–Pero también es el niño de mi tío. Nunca lo olvidaré, Christine. Se lo debo. Y siempre le estaré agradecido por lo que hizo por vosotros.

Christine sintió que se le llenaban los ojos de lágrimas.

–Era un buen hombre, mi querido Vasilis. Un buen hombre –miró a Anatole a los ojos–. Pero nunca fue mi marido de verdad, solo sobre el papel. Él no habría querido otra cosa. Ni yo tampoco.

Anatole cayó en la cuenta de lo que quería dar a entender.

Christine esbozó una sonrisa triste.

–¿Nunca te preguntaste por qué tu tío se quedó soltero? Una vez se enamoró, cuando era estudiante. Pero la mujer con la que quería casarse no pertenecía a vuestro mundo y sus padres no lo aprobaron. Vasilis decidió sacarse el título de profesor y casarse con ella, ser independiente de la fortuna de los Kyrgiakis. Pero... –su voz se hizo más triste–. Mientras él estaba estudiando en Inglaterra la mujer se enteró de que estaba embarazada y contrajo eclampsia. Ambos murieron, ella y el bebé que esperaba.

Christine hizo una pausa.

–Creo que esa es una de las razones por las que me ofreció casarse conmigo. Porque recordó lo sola que había estado la mujer que amó.

Anatole la estrechó entre sus brazos.

–Recemos y confiemos en que por fin estén ya juntos. Los tres –se fundió en sus ojos–. Como nosotros, Tia... mi adorada y querida Christine. Como estamos juntos ahora nosotros. Tú, yo y nuestro precioso hijo.

Juntos para siempre. Nada podrá separarnos ahora
–afirmó con emoción–. Nada.

Volvió a besarla dulce y apasionadamente, y el
mundo que los rodeaba se volvió de oro. Luego regre-
saron a la casa hombro con hombro, dispuestos a empezar su nueva vida como una familia.

Epílogo

LA PEQUEÑA iglesia estaba llena de flores, pero los invitados eran pocos y selectos.

Los Barcourt ocupaban la primera fila, y al otro lado estaban la mujer del vicario, el señor y la señora Hughes y Ruth, la niñera.

Christine avanzaba lentamente hacia el altar, el vestido lavanda pálido enfatizaba su delicada belleza. Iba seguida de Nicky, que le llevaba la corta cola.

En el altar estaba Anatole esperando a su novia. Cuando llegó a su lado, Christine sonrió y se giró para hacerle a Nicky la seña de que se pusiera a su lado. El vicario empezó la ceremonia.

Anatole repitió en su cabeza las palabras de Christine. «Lo sabrías si...».

Y ahora lo sabía. Conocía el poder del amor, el poder que lo había llevado hasta allí, hasta aquel momento con la mujer y el niño a los que quería.

Pronunció con tono grave las palabras que les unirían, escuchó la voz clara de Christine responder. Y luego se pusieron los anillos.

–Puedes besar a la novia –el vicario sonrió.

Christine alzó el rostro hacia Anatole... su marido, el hombre que amaba. Sus bocas se rozaron, intercambiando su amor. Y luego Anatole se agachó y tomó a Nicky en brazos sin esfuerzo. Se giraron y se escuchó

la música del órgano, sonaron las campanas y la congregación empezó a aplaudir. Sonriendo y riendo, los tres, marido, mujer y su precioso hijo salieron hacia el dorado sol de la vida que tenían por delante.

Bianca

Había soñado con el día de su boda desde que era una niña

AMARSE, RESPETARSE Y... TRAICIONARSE

Jennie Lucas

Cuando Callie Woodville conoció a su jefe, el apuesto Eduardo Cruz, pensó que había encontrado al hombre perfecto. Pero, cuando la echó de su lado después de pasar su primera noche juntos, fue consciente de su grave error.

Nunca habría podido llegar a imaginar cómo iba a cambiar su vida en unos meses. Sosteniendo un feo y marchito ramo de flores, se vio esperando al hombre con el que iba a casarse, su mejor amigo, alguien a quien nunca había besado y del que nunca iba a enamorarse.

Eduardo, por su parte, decidió tomar cartas en el asunto en cuanto descubrió que Callie ocultaba algo.

Acepte 2 de nuestras mejores novelas de amor GRATIS

¡Y reciba un regalo sorpresa!

Oferta especial de tiempo limitado

Rellene el cupón y envíelo a

Harlequin Reader Service®
3010 Walden Ave.
P.O. Box 1867
Buffalo, N.Y. 14240-1867

¡Sí! Por favor, envíenme 2 novelas de amor de Harlequin (1 Bianca® y 1 Deseo®) gratis, más el regalo sorpresa. Luego remítanme 4 novelas nuevas todos los meses, las cuales recibiré mucho antes de que aparezcan en librerías, y factúrenme al bajo precio de $3,24 cada una, más $0,25 por envío e impuesto de ventas, si corresponde*. Este es el precio total, y es un ahorro de casi el 20% sobre el precio de portada. ¡Una oferta excelente! Entiendo que el hecho de aceptar estos libros y el regalo no me obliga en forma alguna a la compra de libros adicionales. Y también que puedo devolver cualquier envío y cancelar en cualquier momento. Aún si decido no comprar ningún otro libro de Harlequin, los 2 libros gratis y el regalo sorpresa son míos para siempre.

416 LBN DU7N

Nombre y apellido	(Por favor, letra de molde)

Dirección	Apartamento No.

Ciudad	Estado	Zona postal

Esta oferta se limita a un pedido por hogar y no está disponible para los subscriptores actuales de Deseo® y Bianca®.
*Los términos y precios quedan sujetos a cambios sin aviso previo.
Impuestos de ventas aplican en N.Y.

SPN-03   ©2003 Harlequin Enterprises Limited

DESEO

Aquel sensual texano fue tan solo la aventura de una noche... hasta que se convirtió en su cliente y luego en su falso prometido

Amantes solitarios

JESSICA LEMMON

La aventura de Penelope Brand con el multimillonario Zach Ferguson fue tan solo algo casual... hasta que él fingió que Penelope era su prometida para evitar un escándalo. Entonces, ella descubrió que estaba embarazada y Zach le pidió que se dieran el sí quiero por el bien de su hijo. Sin embargo, Pen no deseaba conformarse con un matrimonio fingido. Si Zach quería conservarla a su lado, tenía que ser todo o nada.

Bianca

El príncipe haría lo que fuera necesario
para casarse con su princesa...
aunque para ello tuviese que secuestrarla

LA NOVIA ROBADA
DEL JEQUE

Kate Hewitt

Olivia Taylor, una tímida institutriz, siempre se había sentido invisible, ignorada por todos. Hasta la noche en que el taciturno
príncipe Zayed la secuestró del palacio.
Zayed debía casarse para reclamar el trono de su país, pero tras
la boda descubrió que había secuestrado a la mujer equivocada.
¿Podrían reparar tan tremendo error?
Y con la ardiente química que había entre ellos, ¿querrían hacerlo?